新 潮 文 庫

花びらめくり

花 房 観 音 著

新 潮 社 版

10604

目次

藪の中の情事……7
片腕の恋人……59
卍の女……101
それからのこと……145
仮面の記憶……193
あとがき
解説　永田守弘

花びらめくり

藪《やぶ》の中の情事

間男

あの女を犯したのは、僕です。

犯した——人の眼にはそう映るかもしれませんし、確かに僕がしでかしたことはあの女の証言を信用した人からしたら強姦《ごうかん》、レイプ、そう言われて訴えられてもしようがないでしょう。

実際に、あの女はそう言い張っているようですし、もしかしたら自分自身でも一方的に犯されたと思い込もうとしているのかもしれません。女の人が、自分を正当化するために他人を悪人に仕立て上げるのも平気だとは知っています。いえ、もちろん、全《すべ》ての女の人がそうであるとは思いませんが、女は社会から「女」として扱われはじめると同時に嘘《うそ》と媚《こ》びを巧みに使うようになるので、男よりもそのあたりが上手《うま》いのです。

女の人は、本当に見事に被害者ぶります。

わかっていても、僕も男ですから、罠《わな》にかかってしまうことはあります。

ですから、もしあの女が自分は無理やり犯されたのだと僕を強姦魔に仕立て上げても、それはあの女だけの罪ではありません。

あの女を犯したのは、僕なのですから。

けれど、犯させたのは、あの女なのです。

たとえ非難されようと、訴えられようと、それだけは言っておきたいのです。

僕は三十歳の平凡なサラリーマンです。名前は多丸と言います。

今までの人生で警察や裁判所のお世話になったことなどありません。地方都市の公務員の両親のもとに生まれ、大学進学と共に親許《おやもと》を離れ、就職して今にいたるまでひとり暮らしをしています。実家近くに兄が住んでいますので、気楽な身分です。結婚はしていません。したいとも特に思ったことがないし、今まで機会がなかったわけではないですけれどタイミングを逸してこの年齢《とし》になりました。この年齢と言っても、三十歳で独身の男なんぞ珍しくもないですね。

仕事は二年前に転職しました。前の会社の上層部が代わり、労働条件が厳しくなったので、知人の伝手《つて》で今の会社に入りました。

そこで直接の上司にあたるのが、金沢さん――あの女の、夫です。

金沢さんにはお世話になりました。いい人、です。いい人過ぎるのではと心配になるほどです。

金沢さんは、独身でひとり暮らしの僕を「たまには身体《からだ》にいい手料理を食べさせてやろう」と、家に呼んでくれました。半年ほど前の話です。

金沢さんはマンション住まいでした。築三十年と古いから、間取りの割には安いんだと言っていました。子供が生まれたらマイホームを購入するつもりでしたが、七年前に結婚した奥さんとの間には結局子供ができずに、そのまま賃貸暮らしだそうです。

奥さんは週に三度ほど友人の経営する飲食店でアルバイトをしていると聞いていました。もともとは病院の栄養士で、金沢さんとは友人の紹介で知り合い、一年ほど交際したのちに結婚したそうです。

「二人とも、三十を過ぎてたし、この辺で手を打とうとお互い思ったんだよ」

金沢さんはそう言いますが、それは照れ隠しだというのは会社の人間は皆、知っています。

愛妻家と、彼は皆に言われていました。女遊びや賭《か》け事《ごと》をしている様子もなく、仕事が終わるときっちり家に帰って毎晩奥さんと夕食を共にしていました。毎日ではないですが、弁当も奥さんの手作りです。

奥さんがいかに料理上手か金沢さんはよく自慢していました。本人は自慢じゃないと言い張りながらも、得意気だった。

だから僕を家に呼んだのも、僕の身体を心配してというのも嘘ではないでしょうが、奥さんの料理を食べさせて、結婚ていいもんだろと気楽で無責任な部下に見せつけてやりたかったのでしょう。

それまで、金沢さんの奥さんは写真でしか見たことがありませんでした。夫婦で温泉旅行に行ったときに撮った写真の中の奥さんの第一印象は、地味な女、ただそれだけです。

肩のところで切りそろえられただけの凡庸な髪型と、薄いつくりの顔は一度見ただけでは印象に残りません。年齢は三十九歳だと聞きました。年相応のおばさんだなと思いましたけど、もちろんそんなことは口にしません。ただ、いかにも子供がおらず、亭主の飯作りに精を出す、それしか楽しみがなさそうな女だなと僕は内心嘲笑《ちょうしょう》していました。

僕はそれまで年下の女としかつきあった経験がありませんでしたし、気の強い姉がいるせいか、年上の女性を恋愛や性の対象にはできないと思い込んでいました。

そのあたりも僕の若さと愚かさなのでしょうか。年齢なんてもので女の好き嫌いが決まると思い込んでいた僕の。

最初に金沢さんの家を訪れたときに、奥さんを見て、写真よりも実物のほうが可愛《かわい》らしいなとは思いました。想像していたよりも、おばさんではないな、と。

髪の毛は写真よりも短くて、少しばかり幼く見せています。思ったよりもよく笑う人でした。愛嬌《あいきょう》があって、人に好かれそうです。

奥さんの手料理は確かに美味《おい》しかった。生姜《しょうが》と黒糖で甘辛く味付けした鶏《とり》そぼろと大根の煮物、きのこがたっぷり入った卯《う》の花《はな》、水菜と豚肉のサラダ、根菜がたくさん入った豚汁に、何よりも白ご飯が絶品でした。聞けば、奥さんの実家が農家で、送ってもらったものを、酒と昆布を入れて炊《た》いているそうです。

七味をきかせた白菜の漬物も奥さんのお手製でした。そのままお酒のつまみにしても美味しそうです。丁寧につくられ、繊細に味付けされた料理は、自慢の種にしても恥ずかしくないでしょう。おかげで無遠慮なほどたいらげてしまいましたが、奥さんは嬉《うれ》しそうでした。

食べ終わり、しばし金沢さんとビールを飲みました。奥さんが席を外したときに、金沢さんは何を思ったのか、奥さんとの性生活の話をはじめました。

「お前が羨《うらや》ましいよ、若くてさ。俺は今、四十三歳なんだけど、だんだん元気がなくなってきてな。最近は月に一度ぐらいしか、してないんだよ」

四十三歳なんて、まだ若いはずですよと言いかけましたが、やめました。僕の年齢でも、周りで結婚した友人たちのセックスレスの話はよく聞きますから、それでも月に一度でも奥さんとするだけマシではありませんか。

僕は、さきほどまで目の前にいた女性と金沢さんが、この家で裸になりセックスをしているのだと、そんな当たり前のことをその時はじめて想像してみましたが、それは僕に何の感情ももたらしません。つまりはエロティックでもなんでもなく、ただの平凡な者同士の夫婦の営みに過ぎなかったのです。

「お前は、彼女いるのか？　結婚はしないの？」

奥さんが洗い物を終え戻ってきたからでしょうか、金沢さんに聞かれました。嘘を吐《つ》く必要はありませんので、正直に答えます。

「彼女とは半年前に別れちゃったんですよ。ふられました」

ふられたと言っても、僕がのらりくらりとしているのに業《ごう》を煮やした彼女が他に男をつくったのです。まだ結婚は早いと思ってましたし、彼女があまりにも焦《あせ》るのでうんざりして僕のほうから距離を置いていました。

「誰か紹介してやれよ」

金沢さんが、奥さんのほうを向いて言いました。

「そうねぇ、でも、お店のアルバイトの娘《こ》は大学生が多いし、ちょうど多丸さんにつりあう年齢の娘がいないわね」

と奥さんは答えます。

僕は、話題が変わるのを待ちました。今はひとりでいたい気分でしたし、知り合いの紹介なんてしがらみがあるから面倒です。

「じゃあ、またうちに遊びに来てくださいよ。ご飯だけならお世話できるから」

奥さんの言葉に、金沢さんはまた得意気に頷《うなず》きました。

金沢さんはなんだかんだ言って奥さんのことを愛しているのだと、その様子を見て思いました。

あの女に初めて欲情を覚えたのは、それから二ヶ月後のことでしょうか。

僕はまた金沢さんの家に招かれて奥さんの手料理をごちそうになりました。蒸した白菜と豚バラ肉を生姜とポン酢でいただき、牛蒡《ごぼう》と牛肉と舞茸《まいたけ》を甘辛く炒《いた》めて七味をふりかけたもの、豆腐の味噌汁《みそしる》は白味噌が使われていました。鶏肉と大根の煮物や、玉子の黄身を味噌に漬け込んだものもご飯に合います。奥さんの手料理が美味しくて、いつも食べすぎてしまいます。

疲れていたところに、胃袋が満たされたのか、わずかなビールで金沢さんは居間でいびきをたてて眠りはじめましたので、こんなところで寝ると風邪をひくからと、奥さんは寝室に金沢さんを連れていきました。

僕は所在なく杯を傾けていました。奥さんが戻ってきて、ビールを注いでくれましたが、帰るタイミングを見計らっていました。

奥さんの膝《ひざ》がしらが僕の太ももにあたっているのに気づきましたが、たまたまなのでしょうか。

「多丸さんて、何人ぐらいの女の子と遊んできたの？　あなたならモテるでしょうね」

奥さんは、そんな話をしてきましたが、僕は軽く酔っていたので、そううろたえはしません。

「モテませんよ。それにつきあうと浮気はしないから、遊んでなんていませんし」

「うちの旦那《だんな》と同じね。多分、あの人、結婚してから他の女と寝てないわ」

「そうでしょうね、金沢さん真面目《まじめ》ですから」

「どうして、私みたいな女ひとりで満足できるのか、不思議なのよ」

奥さんは台所から持ってきた、ウイスキーの水割りを手にしています。

「私みたいなってことはないでしょう。金沢さん、奥さんにベタ惚《ぼ》れだって会社で評判ですよ」

僕がそう口にすると、奥さんはふっと笑顔になりましたが、それは喜んでいるのではなくて、どこか馬鹿《ばか》にしたような笑いなのです。

「だったら、私が満足するぐらいに、もういいっていうぐらい、愛してくれればいいのにね」

奥さんは、水割りを一気に飲み干しました。

目の周りは赤く染まり、瞳《ひとみ》が潤《うる》んでいます。奥さんの肌が白いからこそ、紅色が映えます。

唇の間から見える舌も赤く、そこから漏れる息にすら色がついているかのようです。

「女の人は、欲張りですね」

僕も酒のせいか、舌が滑らかになっていました。もし金沢さんがいたら、そんな話はできません。

「なんで？」

「旦那さんに愛されて、それだけじゃ満たされないんでしょ。僕の別れた彼女も、ただ恋愛を楽しんでくれてたらよかったのに、それ以上のものを求めるから、重くなったんです」

「それ以上のものって、セックス？」

奥さんの口から「セックス」という言葉が発せられたので、僕は思わず唾《つば》を呑《の》みこみ喉《のど》を鳴らしてしまいました。

「違いますよ、結婚」

「なぁんだ」

奥さんは何がおかしいのか、両手をうしろについて身体を仰《の》け反《ぞ》らし、笑います。赤く染まった首筋と、想像していた以上に豊かな乳房の谷間が胸元からちらりと見えてしまい、僕は目をそらしました。

奥さんの膝がしらは、僕の太ももから離れませんが、それ以上近寄ってもきません。けれど、少しばかり傾いたら触れてしまう距離なので、余計に緊張します。

やはり上司の妻とこうしてふたりで飲んでいるのはよくないと、「そろそろ帰ります」と言って立ち上がりました。

奥さんは引き留めませんが、その代わりに玄関でじっと僕の目を見つめました。潤んだ瞳は、酒に酔っているからだけでは、ありません。

「また来てね。あなた、私の料理を美味しそうに食べてくれるから、嬉しいの」

奥さんは最後には無理やり笑顔をつくりました。部下を心配する上司の妻を演じたつもりなのでしょう。

それからあの日まで、金沢さんの家には何度か行きました。危険なものを感じていたのなら、行かなきゃよかったと今なら思いますが、断るのも気を遣わせてしまいますし、何よりも奥さんの美味しい料理は魅力的でした。

金沢さんがよく言っていましたが、料理の上手い妻だからこそまっすぐ家に帰る気になれるというのは、その通りかもしれません。

ただひとつ、僕に対する奥さんの態度は明らかに変化していました。金沢さんがトイレなどで席を外した瞬間、あるいはテレビを観《み》ていて、視線がそれている瞬間に、必ず僕の目をじっと見るのです。

あの目力は、見られたものでないと表現できません。潤んだ色っぽい目というのとは、少し違います。隙《すき》あらばとって喰ってやろうというのでしょうか、奥さんの目は僕への欲情を滾《たぎ》らせていました。

心なしか、そんな瞬間に、奥さんは自身の脚にぎゅっと力を入れているようでした。膝がぷるぷると震え、奥さんは快感を堪《こら》えているかのように時折唇を噛《か》んでごくりと喉を鳴らしていました。

奥さんはきっと僕の目を見つめながら、想像していたのです。僕に犯されるところを。

そんな奥さんから視線をそらす以外に何ができたでしょう。僕が帰ろうとすると、奥さんがコートを持ってきて、うしろから着せようとしてくれました。その際に、奥さんの手が、一瞬僕の身体に触れたのは、未《いま》だに偶然なのかわざとなのか、判断がつきません。

奥さんが僕に触れてきたのは、その時だけではありません。飲み物を手渡すときに、自分の指をからませてきたこともありました。

けれど奥さんは、それらを全て夫が視線をそらしている一瞬の間に行うのです。

奥さんは僕に欲情しています。そうして欲情を露《あら》わにするほどに、奥さんは美しくなっていきました。

決して愛とか恋とか恋愛感情ではないのは承知です。けれど、自分をただ欲しがり、それを隠さない女に惹《ひ》かれてしまうのは、男としては仕方がないのです。僕にはそれが新鮮だった。別れた彼女は、男としての僕を求めているのではなくて、結婚して私を養いなさいと庇護《ひご》を求める小動物のような媚びた視線、つまりは打算交じりの瞳でしか僕を見なかったから、うんざりしていたのです。

もちろん僕だって今までに何人かの女性とつきあってきましたし、みんな可愛らしい女の子たちばかりで、セックスもそれなりにしてきました。

女の欲情の仕草だって、散々目にしてきたつもりです。けれど今までの女はそれを隠そうとしたり、可愛らしく小出しにしたり、媚びをはらませてこちらの気をひこうとしたり——だけど、奥さんのように、愛されようとか好かれようとかではなく、ただ剝《む》き出しに自分の欲望を目に宿らせて投げかけてこられたのは、久しくありません。僕という雄を欲しがる様を、あからさまに視線に籠《こ》める女が目の前にいるのが、嫌なはずがない。

いつか自分はその真《ま》っ直《す》ぐに投げられた想《おも》いを避けられなくなるなという予感は、ありました。けれど口にしたわけでもなく、ただ視線だけなのですから、どんな防御もしようがない。

そう、防ぎようがなかったのです、奥さんを。

あの日は、金沢さんはいつもより早く酔って寝てしまいました。今思うと、それも不思議です。外で何度も金沢さんとは飲んでいますが、そこまでお酒が弱い人ではないはずなのに。まさか奥さんが何か仕込んで——などとあらぬことを考えるのは、さすがに気のせいでしょう。

金沢さんを起こして寝室に連れていくと、奥さんは居間に戻り、一息つくようにしてさっきまで金沢さんがいた僕の隣に腰を下ろしました。

膝を立てたので、スカートがずり上がり、太ももが剝き出しになりましたが、それを隠しもしません。ストッキングを履いていない生の足は、肉の存在を感じさせました。

細くてすらりとした足は眺めるぶんには綺麗《きれい》ですが、手で触れたり、口をつけたり、重なったときに身体を挟まれたりするならば、肉がついているほうが、重みがあって、いい。

隣に奥さんが来てはじめて、香水を薄《うっす》らつけているのがわかります。その匂《にお》いの元は、さきほどから僕が見下ろしている胸の谷間でしょうか。

暑いと言って、奥さんはカーディガンを脱ぎました。白く柔らかそうな二の腕と、豊かな胸を見せつけるように。

僕は気づかれぬように唾を呑み込みましたが、頭の中では帰る言い訳を必死に探しています。

「私も酔っちゃったかも」

奥さんはわざとらしく酔って力が抜けたとばかりに僕に身体をもたせかけました。

「ごめんなさい、力が入らなくて」

どうして奥さんの右腕は僕の股間《こかん》の上にあるのでしょうか。

僕があの時に「やめましょうよ」と抗《あらが》えばよかったのかもしれませんけれど、できなかったのは、ついにその目に囚《とら》われてしまったからです。

奥さんは何も言いません。無言でただ僕を見つめていました。言葉よりも、目は饒《じょう》舌《ぜつ》でした。奥さんは欲情しています、犯してくれと僕をただ見つめています。

僕は目をそらしてはいるけれど、奥さんが傍にいて、身体が触れているのでどうすることもできません。僕は身体をこわばらせていました。金沢さん、上司が同じ家にいるのに、その奥さんをどうのこうのなんてできるわけないと必死に自分に言い聞かせながら。

「昨日ね、夫と久々にセックスしたの」

奥さんは上目遣いで僕から視線をそらしません。

「セックス」という言葉の響きが生々しく僕の鼓膜に届きます。

「夫は、私のほうが求めてきて自分はそれに応《こた》えてるつもりだけど、違うのよ。私が夫の身体を借りてるだけなの。夫としてるときはいつも目をずっとつぶってるの。どうしてだかわかる？　他の男のことを考えているからよ」

僕は、自分に身体をもたせかけている奥さんの肩に手を伸ばしました。無意識でしたが、そうせずにはいられませんでした。

「ひどいじゃないですか」

「だって、しょうがないじゃない。夫だけじゃ、物足りないし、飽きちゃうんですもの。けれど、外で浮気する勇気なんかないから、せめて夫としてるときに、他の男のこと考えて気分を高めるぐらい、罪のない遊びじゃないの？」

僕は言葉が見つかりません。男としては、恋人や妻が他の男のことを考えて自分に抱かれているなんて、嫌に決まってる。けれど、奥さんに対して腹を立てる気にはなれませんでした。

この奥さんの目は飢えた獣の目です。餌《えさ》を喰っても喰っても物足りずに欲しがる獣の目です。普段は美味しい料理をつくり、旦那様に尽し、良い妻を演じながらも欲望の蓋《ふた》を必死で押さえつけているのでしょう。

その蓋を開けてしまったのは、僕なのです。

「昨日はね、毎晩、あなたのことを考えて、夫に抱かれてた。今までだって、そう。寝る前にはね、あなたがどんなふうに女の人を抱くのか想像して、自分でしてたの。指を使わなくても、脚に力を入れるだけで気持ちよくなれるやり方があるのよ。夫が寝てる隣で、毎晩、してた。夜だけじゃない、昼も、朝も、あなたはどんなセックスするのかなって、想像すると楽しくて楽しくて、たまらなかった」

奥さんの欲望の蓋をこじ開けたのは僕かもしれませんが、僕の欲望の蓋を開けたのはその言葉でした。

僕はたまらず奥さんの口を吸うと、待ってましたとばかりに舌が入れられ、僕の口内をまさぐります。

からまる舌に応えるように溢《あふ》れた唾液《だえき》がいやらしい音を立てています。奥さんが既にふれている僕の肉の棒は言い訳ができないほど硬くなっています。

僕は奥さんを押し倒しました。

奥さんは「いやっ……やめて」と口にしましたが、それが今更ながらのとってつけたような抵抗の台詞《せりふ》だということぐらい、わかっています。

誘ってきたのは、そっちだ。僕はそれに応えただけ——そう言ってやりたかった。もどかしく、奥さんのスカートの中に手を入れると、下着はぐっしょりと濡《ぬ》れていました。僕は奥さんに口づけしたまま、それを引きおろしました。

ベルトを外そうとして、自分の腕が震えているのにはじめて気づきます。それでもなんとか必死に下半身だけ裸になりました。

いつもなら女の人の身体を見たり嗅《か》いだり舐《な》めたりしてじっくり味わうところですが、いてもたってもいられなくなり、奥さんのスカートをめくりあげ、手入れされていない漆黒の陰毛の狭間《はざま》に指を置くと、生温かい液体がまとわりついてきます。奥さんは「いや」と言いながら、自分から股《また》を開き、入れやすいようにと足を上にあげます。

僕は手を添えることなく、男の肉塊を奥さんに突き刺しました。ずぶずぶと呑み込まれるように入っていきます。

僕は腰を動かしはじめました。僕のは少し大きめだと女性たちに言われているので、痛くないかと心配しながら、ゆっくりと。

けれど奥さんはそれでは物足りなかったようで、僕の背中に手をまわし引き寄せながら、自分も腰を動かしはじめるではありませんか。

もっと——。

小さな声で、僕の耳元で奥さんが求めるのが聞こえました。

それならば若さを見せつけてやろうと、僕は激しく腰を打ちつけはじめました。奥まで届くようにと、必死でした。旦那さんに満足していないあまりに、若い男を誘わずにはいられなかった、寂しくて哀れな奥さんを悦《よろこ》ばせよう、と。

奥さんは必死で声を抑えています。旦那さんが起きてくるのを心配しているのでしょうか。

僕は腰を動かしたまま、奥さんの唇を塞《ふさ》ぎました。すると、即座ににゅるりと奥さんの舌が僕の舌をからめとります。餌に惹かれ、罠にはまった動物のように、僕は完全に奥さんに喰われてしまいました。

唇も性器も、粘膜がこすれあい、からみあって、どちらも音を立てています。水の溢れる、音を。

奥さんの粘膜は上も下も僕をしめつけ呑みこもうとしています。

どれだけ男に飢えていたのだろうか——憐《あわ》れにもなるほどに、貪欲《どんよく》な奥さんの粘膜は、温かい。

身体は正直です、奥さんは僕を欲しがっていた。それが、伝わってきます。ぶるぶると震えて、離してくれない。

こすれ合う粘膜から涙が溢れるように湧《わ》いた熱い汁が僕をつつみこんでいます。どうだと言わんばかりにぎゅうぎゅうと、奥さんが締めつけてくるので、僕はもう耐えられなくなりそうでした。

奥さんが、いいと言うなら、一度達してしまおうか——そう思った瞬間に、奥さんの叫び声が僕の鼓膜を震わしました。

「あなた！」

僕はあわてて振り向いて、扉の隙間から僕たちを見下ろす金沢さんの青ざめた表情を見ました。

血の気はひいているのに、笑っているようにも見えたのは、気のせいでしょう。いいえ、あれは衝撃のあまり、顔が引きつっていたに違いありません。

僕は自分の男性器が小さくなるのと同時に、奥さんの身体から離れました。

「ち、違うの、あなた。この人が、私を無理やり——」

女の人は、やはり、すごいですね。

さきほどまで、全身で僕にからみついていた奥さんが、目から涙を溢れさせて自分は被害者だと言わんばかりに子供のように泣き出したのですから、僕はその変わり身の見事さに呆然《ぼうぜん》とするやらで、ただ、口を開けてぽかんとしていました。言い訳などこの状況でできるはずがありません。

金沢さんにどれだけ責められても仕方ありません。ふたりで下半身を丸出しにして、つながっていたのは事実です。

ただ、僕が無理やり、一方的に奥さんに欲情していたのではありません。奥さんがどれだけ被害者づらをしたとしても、金沢さんはわかってくれると信じています。

たとえ一瞬だけでも、僕たちの抱き合っている姿を見ていたならば、奥さんの声、僕の身体をからめとろうとしていた奥さんの手や足、絨毯《じゅうたん》に滴《したた》った、奥さんからの濡れた汁で、自分の妻がどれだけ僕を欲して悦んでいたのか、わかってもらえるはずです。

妻

男の人の力に、抵抗などできるわけがありません。

私は、犯されたのです、あの男に。

主人の部下です、それ以上でもそれ以下でもありません。夫は面倒見のいい優しい人なので、可愛がっている部下を家につれてきてご飯を食べさせてやった、その親切さを結果的に裏切る形になったことが申し訳なくて、今更どうしようもできませんが、ただただ悔やまれます。

私の名前は、真砂子と言います。年齢は三十九歳で、結婚して七年になります、子供はいません。

結婚前はそれなりに男性ともおつきあいはありましたが、数は少ないです。ご覧のとおり、私は平凡などこにでもいるような女ですから、そう華やかな人生を送ってきたわけではありません。

夫とは知人の紹介で知り合いました。私も三十歳を過ぎていましたし、両親や世間からうるさく言われることに疲れていましたから、結婚したかったのです。幸い、夫は優しくて、働き者で、この人となら一生一緒にいられると思いました。

恋愛は刺激ですが、結婚は安定だと皆が言うではありませんか。それに恋愛というものがそう長続きしないことは経験でわかっています。だから大切なのは、恋愛が終わったあとに、一緒にいられるかどうかです。その点、夫は合格でした。

もちろん夫のことは好きです。嫌いな男になど、私は触れられたくありません。

ええ、離婚など考えたことはないです。他の男に犯されたのを夫に見られてしまった今でも。

夫がどう思っているかはわかりませんが、私は別れたくはありません。たった一度、他の男と関係を持っただけですもの。一度、です。結婚して七年、浮気などしたことはありません。誓って言いますが、私はたやすく男と寝るような女ではありません。

だから今回の件も、私が望んだことではないのです。

けれど、私に隙があって、それが誘ったふうに見えたのでしたら、反論できません。確かに隙はあったかもしれない。けれどそれは、夫の部下への親切心を超えるほどではないはずです。ただ、それを向こうが必要以上の好意ととらえてしまったのでしょうか。

私の手料理を美味しいと言って貪《むさぼ》るように食べてくれる若い男に好意は抱いていました。夫が彼を気に入って可愛がっていたから、私もそうした、それだけです。

決して自分から誘ったつもりはないのです。

その証拠に、私はずっと、「いや」「やめて」と抵抗の声をあげていました。

甘い喘《あえ》ぎ声をあげて悦んでいた？　そんなことを言っているのですか、あの男は。

あの男ではない？　まさか。

違います、私ははっきりと拒みました。けれど、身体が心に抗うのは、女なら誰だって経験したことがあるはずです。もしも私がそんな声を出していたならば、若い男の激しい欲情に身体が反応していたのでしょう。

それは否定できません。私は悦んでいたかもしれませんし、もしそうならば――悪いのは私だけではありません。夫にだって、罪はあります。

優しい夫です。料理上手ないい奥さんだと、会社で自慢しているそうです。他の女性に目を向けている様子もありませんし、私のつくった食事を食べるために毎日家に帰ってきます。

友人たちからは羨ましがられます。私の親も、「いい夫だ」と褒めます。それは間違ってはいません、働き者で浮気も賭け事もせずにまっすぐ家に帰り手料理を食べる夫――けれど、私は、その「いい夫」ぶりが私を縛りつけている気がしていました。

いい夫に対しては、いい妻でいなければいけない。私は夫が毎日帰ってくるから、夕食をきちんと作ることをやめられませんでした。

浮気をしない夫――、他の女性と遊ぶぐらい、悪いことだと私は思いません。それに浮気をしないことが、妻を愛しているのとイコールではないのです。ただ冒険心や好奇心がないに過ぎないと考えることもできませんか。それは男としての活力に乏しいとも言えるのではないでしょうか。

夜の生活、ですか。

セックスは、月に一度あるかどうかです。結婚当初は夫が子供を欲しがっていましたので、頻繁だったと思います。週に一度を頻繁というかはわかりませんけれど。でもそれはあくまで、子供をつくるためです。

子供を諦《あきら》めた空気が漂いはじめてから、回数は減り、今にいたります。それを不満とはとらえていません。だって、私自身が夫に欲情しなくなっていましたから。

同じ男の同じ身体で同じ手順で繰り返されるセックスに飽きない女が羨ましいです。億劫《おっくう》次にこの男はどう動くか、何をするかが読めてしまう行為は次第に退屈になり、億劫になりました。それは仕方がありません。多くの夫婦に身に覚えがある話でしょう。

それでも夫は私を抱きます。けれど、そこに「義務」を感じてしまうのが、嫌なのです。

妻を満足させるための——満足などしませんけれど——夫婦としての義務行為、そんなふうにして抱かれることに何の意味があるのでしょうか。

結婚して同じ男と暮らすのは全てが同じサイクルで動くということです。食事も、性行為も、全てです。

結局、夫は私という女をわかっていないのです。男の人は、溜《た》まったものを出すというわかりやすい構造になっていて、終わりがはっきりしているのが羨ましいけれど、女は違います。

女の場合は、溜まるとか出すとか、そんな単純なものではなく、見えない心と身体の行為だから、男に理解できるはずがない。

一番嫌だったのが、月に一度、おざなりの性行為をしただけで、夫は私が満たされていると思い込んでいたことです。気持ちいいかと言われれば、気持ちいいと言います。よかったかと問われたら、よかったと答えるに決まっているではありませんか。男の人はそれを鵜呑《うの》みにします。たいていの女は内心は違うことを考えているというのに。

夫は安心しきっていました。月に一度、セックスをしてやると喜ぶ妻、毎日家に帰るから安心する妻――そうして誰もが私たちを仲のいい幸せな夫婦だと思っていました。きっと、夫自身もです。

もちろん、夫に何か行動を咎《とが》められたことなどありませんし、咎められるような真《ま》似《ね》をしたいと思ったこともありません。それでも、不自由だ、縛られている、と考えてしまう私のほうが、きっと間違っているのです。

けれど、つまらないのです、ひどくつまらない。いい夫と、いい妻の夫婦なんてものは。

世の中で、唯一《ゆいいつ》、堂々とセックスをしていい関係である、夫婦なんて形は、なんてつまらないものなのでしょう。

あるとき、私は四十歳を前にして、これから先、夫以外の男と寝る機会がないのかと考えると、呆然としました。

全身の力が抜けてしばらく動けなくなるほどでした。

このまま私が、「いい妻」である限り、夫だけの女である限り、私はつまらないセックスだけで人生を終えてしまうのです。

夫とは一生、一緒にいるつもりです。それに関しては何の不満もありません。他の男と一からはじめるなんて面倒ですし、これだけ長く一緒にいて、嫌な想いなどしたこともありません。恋愛など、どうせすぐに終わってしまうのだから、今更別の男としようとは思いません。

けれど、私は夫以外の男に触れられることなく老いて死んでいくのだと気づいた日から、ひどく焦燥感にかられました。

そんな想いを抱いたことのある女は、私以外にもいるはずです。満たされない、気持ちのすれ違う、飽きてしまったセックス——自分はまだ十分に男を受け入れられる身体なのに、そんなセックスしかできずに老いていくなんて、耐えられない。

独身で、恋愛を謳歌《おうか》して、複数の男性たちとの間を浮遊する女ともだちが羨ましくてたまらなかった。そんな女同士で、合コンや飲み会などをしているのは知っています。けれど、私はそこには入れてもらえない、「あなたは結婚してるじゃないの」と。

結婚しているじゃないのという言葉の裏には、嫉妬《しっと》と、人妻にいい想いなどさせてやるかという意地の悪いものを感じ取ってしまうのは、考え過ぎでしょうか。

確かに結婚していろいろなものを手に入れましたし、世間からは何不自由ないと見られているでしょうけれど、失ったものもあるのです。

そんなときに、あの男が目の前に現れました。

夫の部下の、私を犯した男です。

素直で仕事熱心なやつなんだ、腰も低くて評判もいいんだよと、夫は最初からあの男のことを気にいってました。

独身で彼女もいないようで、毎日、牛丼《ぎゅうどん》かコンビニ弁当だっていうから、いいものを食べさせてやりたい、家に連れてきていいかと言われたときは、正直面倒だなと思いましたが、断れるはずもありません。

主人が会社の人間を連れてくるのは初めてでしたから、よっぽど気にいったのでしょう。けれど会社の人を呼ぶということは、家の中を完璧《かんぺき》に整えなければならないのです。料理はもちろん手を抜かず何品もつくらなければいけませんし、掃除だって行き届いていないといけないから、私の負担になるのが夫はわからないのでしょうか。

それにしても今までそんなことはなかったのに、どうしてという気はしました。

奥さんの手料理の自慢をしたいんですよと、あの男にあとで言われましたが、そんなくだらない理由でわずらわされるのは迷惑な話です。

やはりいい妻でいることは、私を縛りつけます。夫のことは好きで、一生一緒にいたいけれども、時折こうしてしんどくなるのです。

あの男は夫のいうとおり、礼儀正しく素直で可愛らしい青年でした。

私の手料理を美味しい美味しいとたいらげて、ご飯のお代わりを三杯もしました。本来ならば少しは遠慮すべきだと思うかもしれませんが、私はその豪快な食べっぷりに感嘆し、嬉しくなり、彼に好意を持ったのです。私が洗って切った野菜や肉を味付けしたものを貪るのですから、嫌な気分になるわけがありません。

もちろん夫も美味しいと言ってはくれますが、それはたまたま夫の味覚が合うだけかと思っていたので、他人に褒めてもらうと、得意な気分になります。

だから私のほうから、また彼を呼んだらと夫に言ったのです。その時は、まさかその男を性的な対象として見てはいませんでした。純粋な好意以外の何ものでもなかったのです。

二度目に男が来たときのことです。夫は早々に眠ってしまい、寝室に私が連れていきました。彼とふたりきりになり、少しばかり沈黙がありました。

夫の部下と何を話したらいいのか見当がつきません。言わなくてもいいことを言ってしまわないかと、話題を選びもします。彼だって、上司の妻とふたりになっても何も楽しいことなどないでしょう。ですから私は内心、彼が帰ると言い出すのを期待していたのです。

しかし男はそこに座り続けていました。放っておくわけにはいきませんから、私は彼のそばに腰を下ろします。

男が私にちらりと視線を向けたので、私は思わず目をそらしてしまいました。

気のせいではありません、今まで夫のいるところでは、そんな目をしたことはなかったのに。

お酒のせいもあるのでしょう、彼の目のまわりは赤くそまり、うっとりと私を眺めていました。私は彼のほうを見ないようにしているのに、視線がまとわりついてくるのがわかります。

私の顔だけではなく、身体を、ねっとりと観察しているのを感じるのです。まるで肉食の獣が、餌を吟味するかのように、顔、首筋、胸、腕、太もも、足に彼の視線を浴びて、私は身体が熱くなりました。

その時に、初めてここにいるのがひとりの男なのだと意識しました。

夫が同じ屋根の下にいるのに、無遠慮に私を性的な目でみる男の失礼さに腹立たしくなり、睨《にら》み返すつもりで、彼のほうを向きました。

私がじっと男の目を見ると、彼は自分のもくろみを見抜かれてしまったかのように、目をそらしました。

そこで彼はようやく、帰りますと席を立ちました。

なんだか追い返したようで申し訳なくなったせいか、玄関で私の声は優しくなり、また来てねと口にしました。

それから男は数度、夫に連れられて我が家にやってきました。

回数を重ねる度に、夫が席を外した瞬間などに、あの時に増して、私の身体をなめるような視線を投げてきます。

けれど、そうして男に見られることが、段々不愉快ではなくなってきました。

だって「いい妻」でいるときは、夫にしか見てもらえないのです。いいえ、夫はもうすでに私のことを女として見てはいません。セックスだって義務を果たしているだけの行為になっているのに、欲情の眼差《まなざ》しを向けるなんてこと、ありえませんからね。欲情というのは、心の奥底から湧き上がってくるものです。夫と私のように、夫婦の義務的な行為のようになされるセックスに欲情なんて存在しない。

他の男に見られることにより、自分が欲しいものが何かが私はわかってしまった。そうです、女として男に欲される、欲情されること——それに飢えているのに気付きました。

けれど、私は夫との生活を壊す気などありません。男の視線は私を悦ばせはしましたが、それ以上進んではいけないと、強く自分を戒めていました。

だからあの時に、夫が早々に寝入ってしまい、ふたりきりで男と居間にいた時に、あんなことになったのは——過《あやま》ちなのです。

私は犯されたのです、あの男に。

決して私の意思ではありません。

私のほうから男にしなだれかかったなんてことは、決してありません。ただ、いつものように隣に座っていただけです。

私もお酒が入っていましたから、ふらついて肩や膝が触れたりなんてことはあったかもしれませんが、それぐらいは誘っているうちに入らないでしょう。

それなのに、男は私に覆《おお》いかぶさってきました。

私は「いや」「やめて」と訴えましたが、若い男の力は強く、抵抗などできるわけがない。

いざ、こうなってみると、夫に申し訳なくて私は今まで男に示してきた親切や好意を全《すべ》て後悔しました。

男は私の下着を脱がし、いきなり差し込んできました。

濡れてなどいないはずなのに、それはたやすく入り、動きます。

そうなると、心は抗っても、身体《からだ》は反応したかもしれません。

それは私が望んだことではないのに。

もしも私が悦んでいるように見えたのなら、男を誘っているように思わせてしまったのなら、それは私が悪いのでしょうか。

男が私の上になり腰を動かしている時に、私はふと目を開けてしまいました。

夫が扉の隙間から、こちらを見ていました。

私と夫の視線が合いました。

その時の夫の表情は——妻の不貞を目《ま》の当たりにした戸惑いと怒りと悲しみで、ゆがんでいるように私の目には見えました。

ああ、許してください、あなた——。

私は男を撥《は》ね除《の》けて、謝りました。

たとえ男が私を犯したのだとしても、寝てしまったことは事実なのですから、夫には謝り続けます。

夫は私を許してくれるでしょうか。

　私の過ちを。

せめて夫が、妻の過ちは自分にも非があると気づいてくれたら、いいのに。

夫

確かに、私は見ました。

妻と、部下が寝ているのを。

ふたりとも上半身は服を着たままです。さすがに寝ているとはいえ、同じ屋根の下に私がいますから、全て脱ぐ勇気はなかったのでしょうか。

あるいは服を脱ぐのがもどかしいほど、欲情にかられていたかです。

私は足音を潜めてそっと居間の扉をあけて、その隙間から眺めていました。

妻が犯されている——いえ、その表現は……違います。

犯されるとか、犯すとか、そんな言葉を使うのは一方的なニュアンスがあります。

私の目には、どちらかが一方的だとは映りませんでした。

妻は男に乗られて、声を抑えながら自らも悦んで下から上へつきあげるように腰を動かしていましたし、男も妻の唇を吸いながら、舌をからませていました。

お互い、悦びあっていました。

私はそれを眺めていました。

驚きはしません、わかっていたことですから。

いいえ、そうさせたのは、私です。

妻は料理上手で控えめで嫌味がなく、私には過ぎた女だという想いは今でもあります。私も妻のために、家庭を守るいい夫であろうとしました。

周りの男たちには、妻以外の女と恋愛の真似事をしたり、割り切った遊びを楽しむ者も少なくありません。全く妻との営みなどないという奴《やつ》らも、多い。

妻の意識が子供にいって、セックスレスになったという奴もいれば、一緒に暮らす女に性欲を感じなくなったという者もいます。

私たちの間に子供はできませんでした。私は欲しかったのですが、妻はそう積極的ではありません。いえ、欲しくなかったのだと、今ならわかります。

妻は自分だけが愛されたい、可愛《かわい》がられたいのです。もしも子供が生まれて、私の愛が自分以外の女に——たとえ娘であろうとも——行くのは許せないなどと、冗談のように言われたことがありますが、あれは本気なのでしょう。

だから、私はそんな欲深い妻に応えようとしました。浮気などしたことはありませんし、妻の顔を見て、手料理を食べるために毎日まっすぐ帰ってきました。

愛妻家、などと会社では言われていました。遊ばず家に帰り、休日も妻と過ごすことの多い私のことを、男たちは侮蔑《ぶべつ》のニュアンスを籠め、女たちは羨望《せんぼう》を籠めて、そう言います。

女性は愛するよりも、愛されたいものだというのは、妻と結婚する前から知っています。そしてそのほうが、男女は上手《うま》くいくものだと。

私は妻を幸せにしたかった。ずっと一緒にいたかった。夫婦というものは、永遠に一緒にいるという契約書に判を押した関係です。それぐらいの覚悟を持つべきです。子供のできないまま、数年が経《た》ちました。年月を経れば、日常もわずかばかり変化していきます。お互い年を取りますし、慣れもするし、飽きもする。

たとえば妻の料理です。もちろん美味《おい》しいのですが、いくら美味しくても毎日では飽きてきます。

けれど「飽きた」などと言えるわけがありません。相手を不愉快にしてしまうのは、わかっています。料理はいいのです、会社の接待や飲み会にかこつけて、たまに外でとることもできるのですから。

ただ、セックスは厄介です。手順が決まりきり、身体のことも知り尽くした女と繰り返す同じ行為に、私は飽きてきました。私だけではありません、妻もです。いえ、射精という終結行為がないぶん、妻のほうが早く飽きていたのではないでしょうか。

それでも夫婦だから、セックスはしました。月に一度か二度でしょうか。それが多いか少ないかは、わかりません。会社の同僚たちには、多いと言われました。

私は妻としか寝ていないので、私の体力と気力の全てを妻との行為に注ぎ込んでいましたが、それでも慣れと日常のもたらす惰性の波には抗えません。

だからといってやめるわけにはいかない。子供がいない夫婦だからこそ、セックスの結びつきは重要です。

女を可愛がるのに一番の手段がセックスなのです。全身を使い、愛情を伝えられる行為なのです。

言葉でできることなんて、知れています。それに人間はたやすく嘘《うそ》を吐《つ》ける。愛してるだなんて言葉も、毎日口にしたらありがたみはなくなります。愛していない相手にも、愛してると言えるのです。

妻を満たしてやるには、セックスをしなければいけません。身体をつかって愛してやらねば。

そう考えた時点で、それが「義務」になってしまうのにも、もちろん気づいていました。そうです、私は義務でセックスをしていました。夫としての責任を果たそうと、妻と寝ていました。

そんな気持ちが、相手に伝わらないはずはありません。

それでも、たとえ義務だとしても、私は妻を見つめて、妻を愛そうとしていたのに。

それは私の努力なのに。

けれど、妻は私の努力をわかってはいなかった。

私と寝ながら、妻は私のことを馬鹿《ばか》にしていました。

妻の演技はあからさまです。本人は騙《だま》しきっているつもりなのでしょうけれども、昨日今日のつきあいならともかく、長年一緒にいる男がたやすく騙されると思うのは、女のあさはかさです。

こうすれば男は悦ぶだろう、自分は男を悦ばしているだろうと言わんばかりの動きをして、声を出します。気持ちいいと口にするけれど、本音ではないのも伝わってきます。

行為のあとに、いつも小さな溜息《ためいき》を吐いているのはきっと無意識です。その溜息は、まるで妻としての義務を果たして、私の欲望に応えてやったとでも言いたげです。つまりは私たち夫婦はお互いが、義務を果たしている気になっていたのです。

ところが、最近になって、妻の反応が変わりました。以前のように溜息を吐くこともなく、あからさまな演技をするわけでもありません。

私はすぐに気づきました、他の男のことを考えているのです。そうしてなるべく私を見ないように、目を瞑《つむ》り頭の中の男と寝ているのです。

私は愕然《がくぜん》としました。私は妻の道具にされているのです。

その前から、予感はしていました。

妻とは同じ部屋に布団《ふとん》を並べて寝ていますが、私が寝入ったと思い込んだ妻は、その瞬間、自分で慰めていました。

いいえ、以前から、そういうことは当たり前にありましたが、その行為そのものに何か思うことはありません。私だって、そういうことはしますから、お互い様です。

けれど妻は——あれも、どこまで無意識なのでしょうか。

自分の指を動かして絶頂に達するときに、囁《ささや》くように男の名前を呼ぶのです。

誰の名前かわかりませんし、その時々で変わります。

おそらく妻は、日常で出会った男たちを日替わりに自慰のおかずにしているのでしょう。

ええ、浮気をするわけでもなく、それぐらいなら可愛いものだという考えもあります。けれども、私の存在というのは、ただ生活費を渡すだけのものなのかという考えもよぎります。夫婦とは、なんだろうかと。

それがひどく虚《むな》しくて、やれやれと思いながら、義務を果たして妻を抱くのが、バカバカしくなっていました。それでも止《や》めてはいけないと思う自分の勤勉さに呆《あき》れもします。

その時に、私の中でひとつの企《たくら》みが浮かびました。

妻が実際に他の男に抱かれたらどうなるだろう、と。

多丸はいい部下です。素直で、一見軽そうに見えますが、よく働くので私は信頼していました。信頼しているから、家に呼んだのです。どこの誰かわからぬ者を妻に近づけるわけにはいきません。

私は妻の料理を餌に、独身の男の食生活を心配する優しい上司を装《よそお》って、多丸を家に呼びました。そうやって会社の人間を家に呼ぶのははじめてのことですし、妻も戸惑っていましたが、気づかないふりをしました。

多丸は人当りがよく、腰が低く、年上の人間に可愛がられるタイプです。案の定無遠慮なほど妻の手料理を平らげて美味しい美味しいと連発する多丸が、妻の目には好意的に映ったようです。

最初に家に来たときに、かなりの勢いで多丸は妻の料理を食べました。その姿を眺める妻の目に映る戸惑いが次第に興味に変わるのを私はじっと観察していました。

妻は多丸の箸《はし》を使う指と、物を喰らう唇から目が離せないようでした。

それを見て、私は嫉妬の感情よりも好奇心が先行している自分に、少しばかりゾッとしました。

妻を他の男に抱かせる——その時まではまさか企みを実行する気はなかったのです。

私はなんだかんだ言いながら、妻を愛していて大事にしていると自分では思っていましたから、そんなことになったら許せないはずなのに——。

好奇心を止められなくなり、私はその次の計画も実行せざるをえなくなりました。

次に多丸が来たときに、酔いつぶれるふりをしたのです。

妻に支えられ、寝室に入りましたが、居間でふたりきりになった妻と多丸がどうなるか耳を澄ましていました。

いえ、それだけでは物足りなくて、本当は居間の扉の前で聞き耳を立てていたのです。見つかれば、酔っ払ってふらふらしているふりをすればいいのです。

けれど、その時は何も起こらず、早々に多丸は腰を上げたので、私は急いで寝室に戻りました。

けれど、確かに玄関から、聞こえたのです。

「また来てね」

という妻の声は、私には覚えのない、たっぷりと媚《こ》びを帯びた甘い響きでした。

多丸が家に訪れるようになってから、妻は変わりました。

その変化を妻自身がどこまで自覚していたのかは、わかりません。どう変化したか。単純なことです。機嫌がよいのです。

料理に関しても、

「この前ね、多丸さん、すごく美味しいって言ってくれたじゃない。レパートリー増やすために、料理教室でも行こうかしら」

なんてことまで言い出しました。

妻は身の回りに気を遣うようになりました。

多くの女は、男は鈍くて女性の変化になかなか気づかないと思っています。確かにそうかもしれませんが、わざと気づかないふりをすることもあるのです。

今までほとんどつけなかったマニキュアを買ってきたり、家にいる時は、いつも綿のシンプルな下着だったのに、見たことのない派手な下着が浴室に干してあったのも一度目にしました。

私の見る限り、妻だけが一方的にではありません。

多丸が時折、妻を眺める視線に、羨望と軽蔑が混じったような複雑な感情を読み取りました。私という男を間に挟んで、妻と多丸はお互いの手の内を探り合い、欲情のカードを小出しにしていました。

ふたりとも、私には気づかれていないと、信じながら。

私も、妻を愛し、部下を可愛がる男を演じていました。なんて馬鹿げた茶番をはじめたのだと思いながらも、私は楽しくなっていました。退屈で平凡だった夫婦という関係に、ひとりの男を混じらせ、刺激が生まれたのです。

ふたりが踏み出すのはいつなのかと待ちつつ、私は楽しんでいました。

もし私の知らぬところでふたりが距離を縮めていたら、私は嫉妬をするか男のプライドを傷つけられたと怒るかしていたかもしれませんが、このゲームは私がはじめて、私のてのひらの上で行われているのですから、楽しむしかないじゃありませんか。

ふたりは踏み出すきっかけを探しているようでした。それならば、私がそのきっかけを与えてあげればいい。

けれど、妻と部下がそういう関係になるのを見てしまえば――正気を失うか、あるいはやっと嫉妬に狂うかもしれない、もしくはどこかの文豪の小説のように、妻が他の男に悦びを与えられている様子を眺めて、逆に興奮してしまうのかもしれない――そんなふうにこれから自分の身に起こるであろう様々な感情の種類を並べてみてもいました。

その妄想をも私は楽しんでいたのです。

多丸が家に訪れるようになってから、私は妻を抱く回数を減らしました。抱く時さえ、はっきり言えば手を抜いていたのです。

案の定、妻の不満は高まっているのが、終わったあとの態度でわかりました。私が妻に背を向けて眠ったふりをすると、妻はもう遠慮することなく声を出して自分で慰めていました。

しかし妻は欲求不満になればなるほど、美しくなっていったのも事実です。

女を美しくするのは、満足よりも不満かもしれません。

男に飢えた妻は、男をより自分に欲情させようと、男の欲情の対象であろうと意識し、そして満たされず悲しく切ない表情を時折浮かべ、それが艶《つや》を醸《かも》し出していました。

妻は美しくなりました。家に訪れる若い男と、お互いが性的に惹《ひ》かれあっているのに、なかなか一線を踏み越えられないもどかしさをたたえた妻は、匂《にお》い立つような色気を漂わせていました。

欲情に苛立つ妻の瞳《ひとみ》には、すでに私は存在しません。

知り尽くした夫よりも、知らない男のほうが、興味をそそるにきまっています。

私は妻と多丸が惹かれあうほどに、冷静な観察者となっていきました。

きっと私は、ひどく冷たくて残酷な男なのでしょう。

けれど、私をそうさせたのは――誰なのでしょうね。

妻なのか、結婚という制度がもたらした怠惰となれ合いなのか、それとも私自身なのか。

そうしてあの日がやってきました。

多丸が訪れ、いつものように料理を食べ終え、私は妻に「お前もたまには楽しめよ、片づけは明日でいいから」と、酒をすすめました。

妻の喉《のど》が赤く染まり、上手い具合に酒が回り、その姿は妻をなおさら艶《なま》めかしく見せてくれます。

多丸も、そんな妻を眺める瞳に欲情が現れるのを、もう隠しきれないようで、どことなく落ち着きがありませんでした。

私は、先に酔ったふりをして、寝室に行きました。

予感はありました。今日、あのふたりがどうにかなるのでは、と。

私は足音を潜めて、居間に近づいて耳をすましました。

「……昨日、久しぶりに夫とセックスしたの」

妻の声が、聞こえました。

嘘です。妻は嘘を吐いています。

しばらく、私は妻を抱いていないのですから、それは男の気を惹くための嘘です。

「あなたのことを考えて——自分でしてた」

妻の言葉は私の知らぬ女のように、大胆になっています。

もともと妻は、これほどまでに男を積極的に誘うような女ではなかったはずなのに、酒のせいもありますが、我慢ができなかったのでしょう。

ここまで来たら、もう歯止めなど、ありません。

消え入るような「いや」「やめて」という妻の声が聞こえてきました。多丸が妻にのしかかったようです。

多丸を拒む妻の言葉が本気であるはずはありません。

明らかに悦びを帯びた、男の欲情を誘う声です。

私は扉に近づき、そっと音を立てずにわずかな隙間《すきま》をつくり、そこからふたりを眺めはじめました。

下半身だけ脱いだふたりは、我慢できなかったのか早々に、性器を合わせています。

扉の隙間からは、女が下になり、男が上になって、ふたりのつながった部分が丸見えです。

顔は見えません。ただ、剝《む》き出しになった排泄《はいせつ》の穴と、反復運動を繰り返す性器が視野にあります。

ふたりは抑えつつもときおり耐え切れずに声をもらしながら、ずぼずぼと女の穴に男の棒を出し入れする行為を繰り返しています。

私はただ、そこだけを凝視していました。粘膜の摩擦からこぼれる水の音をＢＧＭのように聴きながら。

こうして妻が部下とからみあっているのを目の当たりにして——自分がどんな感情に囚《とら》われるか予測していましたが、想像とは全く違いました。

私は怒ることもなく、嫉妬することもなく、欲情することもなく——ただただ笑いを堪《こら》えるのに必死でした。

他人の性行為など、見るのは初めてです。

こんなもの、ただの、摩擦ではありませんか。

人間の身体の中で、一番醜い部分を、必死でこすり合わしているだけなのです。穴に棒を差し込んで動かしているだけのその行為が、滑稽《こっけい》でなりませんでした。

セックスなんて、ちっとも尊いものでも美しいものでもありません。

そして、たいして意味があるものでもないのです。

それなのに、このセックスというグロテスクで滑稽で奇妙な行為に囚われ愛や情などの意味づけをして一喜一憂することが、おかしくて哀《かな》しくてたまりません。

どうしてこんなものに囚われているのでしょうか、あの男も、妻も、私も。

ああ、本当に、おかしくてたまらない。


男の下になり、手足をからませていた妻は、私を見て叫び声をあげました。

さあ、これから妻と男は、どんなふうに振る舞い、言い訳をするのでしょうか。

それぞれが本心をどこまで見せて、どこまで嘘を吐くのか、見ものです。

ええ、私自身も、本音など口にしませんから。

寝取られた憐《あわ》れな夫を、どうやって演じてみせましょうか。

誰も人間は、本心など口にはしません。それらは全て、藪《やぶ》の中――覆い隠されているのです。

それでもセックスという行為は、隠しきれない人の心を露《あら》わにしてくれるのだと、私はこのところの妻と部下の様子と、自分自身の心の変化で、知ることができました。

今からはじまる、ただ一度のセックスがもたらす男と女の関係の変化とそれが崩壊する様――それすらも私は楽しみでなりません。

片腕の恋人

あなたが私にくれた、最後の贈り物でした。

もしかしたら、最初で最後だったかもしれませんが、嬉《うれ》しさのあまり、今まであなたから何かをもらったことがあったのかどうか、忘れてしまいました。それぐらい、私を喜ばせてくれたのです。

だってそれは、私がずっと欲しくて、傍に置いておきたかったものですから。

「君に、僕の片腕をあげよう」

と、あなたが言ったときに、私は耳を疑いました。

「本当に?」

「僕は嘘《うそ》を言わない。で、右がいいの、左がいいの?」

「左」

迷わずそう答えたのは、あなたがいつも私にふれる手が、左だったからです。

あなたは右利《き》きなのに、不思議と左手のほうが器用で、その左手で私を悦《よろこ》ばせてくれました。

握力も右より左のほうが強いんだと言っていましたね。力が必要なときは、左手を使うのだと。

「覚えてくれたんだ、私の欲しいものを」

「僕はいつだって、どんなことでも忘れちゃいないよ。君の望むものだって、常にわかっているんだよ。君がどうしたら悦ぶか、どうしたら傷つくか、どうしたら僕のことをもっと好きになるのか――ただ、言葉にしないだけで、僕はそれを全部知っている」

あなたと知り合って間もない頃でした。

あなたの左手がとても巧みに動き、私に声をあげさせ、私自身の知らない身体《からだ》の秘密を教えてくれました。果てたあとに私の枕《まくら》になって、生まれてはじめて心地よい安らぎを与えてくれたのも、あなたの左腕でした。

だから私は、昔、読んだ短編小説の話をしたのです。ノーベル文学賞をとって、自ら命を絶った文豪の書いた小説です。

誰もが知っている代表作というほどでもないその短編を、私は怪談のアンソロジーで読みました。少女が主人公に片腕を一晩貸すという話でした。

私はあなたの左腕に愛《め》でられた夜に、その話を思い出して、あなたに話しました。

あの時に、「あなたの片腕が欲しい」と言ったかもしれません。

もちろん、冗談のつもりです。あなたが生活するにあたり必要な肉体の一部を、私がもらえるわけがないことなんて百も承知でしたから。

それに、第一、あなたは人のものです。ものという言い方は本当は嫌なのですが、妻のいるあなたは私の好きにできないということは、最初から今にいたるまでわきまえているつもりです。

私は今まで、とても聞き分けのいい恋人でした。あなたに嫌われたくなかったし、あなたを困らせたくなかったのです。

妻以外の女を好きになるあなたのことを「だらしない」と非難する人は少なくありませんでした。けれどそれは、だらしなさなどではなくて、弱さと、人よりも深い孤独を抱えているゆえだと私はわかっていました。

あなたは弱い人でした。ひとりになると、すぐ死にたくなるから、女を求めずにはいられなかったのです。

私はあなたを好きになってから、ずっと寂しくて、あなたを私だけのものにしたいと願ってもいたし、人並みに嫉妬心《しっとしん》もありましたから、心穏やかだったわけではありません。

けれど、そんないい加減で無責任だと思われている、あなたという人のすべてを好きになったのだからと、受け入れていました。

あなたは弱く、孤独な人だったけれども、私もそうだったから、あなたが必要だったのです。寂しい人間同士でしか、埋められないものがあるのです。私とあなたでしか、わかりあえないのです。

あなたは、何度寝ても朝までいてはくれませんでした。夜を一緒に過ごさないことにより、無駄な期待を抱かせないようにしていたのでしょう。私はあなたのぬくもりが残るベッドの上で孤独に震え、あなたを恨んだことが何度もあります。あなたはたやすく女に手を出すくせに、賢かった。賢さは、ズルさと同じです。それもお互いの心を守るためなのだと言われたら、頷《うなず》くことしかできませんでしたが、本当はそんなあなたの賢さが憎らしかった。

だからあなたから片腕をもらったときは、私ははじめてあなたと夜を過ごせることに狂喜したのです。

私はあなたのことが、とても好きでした。好きな人の身体の一部、それも一番好きなところをもらって、喜ばない女などいるはずがありません。

私の喜びが表情にそのまま出たのでしょうか。

「君は素直で可愛《かわい》いね」

あなたは左手で私の頭を撫《な》でました。私がされて嬉しいしぐさのひとつです。

シャツのボタンを自ら外して、まるで虫が殻を脱いで体をさらすように、左腕と胸を出しました。

そして右の手で左腕の肘《ひじ》の上をつかみました。

「痛くない？」

「大丈夫、コツがあるから」

そう言いながらも、あなたはつかんだ左腕を外そうと上に持ち上げたときに、苦痛の表情を浮かべました。

私は眉《まゆ》をひそめたその顔に欲情して、ごくりと唾《つば》を呑《の》みこみました。

あなたが私のために痛い思いをしてくれたことなんて、はじめてだったから。

自分のために男が苦痛や悲しみを引き受けるのを見るのは、女の喜びのひとつです。

あなたはおそるおそる、ゆっくりと左腕を腕のつけねから外しました。

私はすかさず両手を伸ばし、首のすわらない乳児を抱き取るように、あなたの左腕を授かりました。

「もうそれがあるなら、僕なんかいらないだろ」

「ええ、これだけでいいの」

私はあなたの視線を意識しながら、きれいな桃色の肉がまだぴくぴくと動いている腕のつけねに軽く口をつけました。

私は舌を出して、そのつけねの肉をなめました。

血の味でもするのかと思ったら、少し苦みのある味でした。

「そんなに嬉しいの？ 僕の左腕が欲しかったの？」

「うん。だって、これから一緒に過ごせるんだもの。ねぇ、返してくれとか急に言わないでね、気が変わったとかね。私のものにしていいのよね？」

あなたは、悲しそうにも満足げにも見える表情で、こくりと頷きました。

「喋《しゃべ》れるようにしたほうがいい？」

いいえ、と、私は首を振りました。

あの小説では、片腕は喋っていましたけれど、あの腕は男を知らぬ処女のものだからそれでいいのです。もしもあなたの腕が口を開いて、妻の名前などを呼んでしまったら、私は傷つき、失望するに違いありません。

だから口がきけぬほうが、いいのです。

そのほうが、私が思い通りにできるから。

「君は、本当に僕のことが好きなんだね」

あなたの優しい声は、この人と離れたくないと思わせる、どこか自信なさげな、人に縋《すが》ろうとしている声です。

その声は、私の心の隙間《すきま》に、砂漠に吸い込まれる水のように染《し》み込んでいきます。

「好きよ。大好き、ものすごく好き。最初からそう言ってるじゃないの」

あなたが今まで関わりをもった女や奥さんよりも、世界中の誰よりも私が一番あなたのことが好きなのよと言ってやろうかと思いましたが、やめました。あなたに困った顔をされたり、やっぱり腕を返してくれと言われたら嫌ですから。

嫌われるのも怖いけれど、それ以上にあなたが胸を痛めるようなことはしたくなかった。

あなたが妻や私に対して罪悪感を抱いて、時折自己嫌悪《けんお》に陥ることを知っていました。私の心はいつも揺れていました。私の望みが叶《かな》うことは、あなたを苦しめることなのだから。

「なら、この腕は君にもらわれて正解だ」

あなたは目を細め、満足げにそう口にしました。

私は嬉しかったけれど、ひとつ、どうしても確かめずにはいられないことがありました。

「奥さんは、大丈夫なの？　片腕が欠けたあなたを見て、不審に思わないのかしら」

「そりゃあ――気づくだろうね。片腕を探すかもしれない、どこに行ったのかって。あの人は、ものごとを曖昧《あいまい》にしてはおかないだろうから――でも、いいよ。君が望んでいたものなんだから。それに、君ならこれからもずっと大切にしてくれるしね」

私の胸にあった、ただ一点の心配の種は、消えはしないけれど、随分と軽くなりました。

今までだってそうだったのだから、奥さんのことなんか気にしないようにします。気の持ちようで、なんとでもなるのです。

「ええ、一生、大事にするわ。だってあなたの腕ですもの」

「嬉しいよ」

あなたは自分の左腕を抱く私に顔を近づけて、口づけました。

あなたの舌が私の唇の中に居所を探す蛇のようににゅるりと入ってきたので、私はいつもあなたの性器を口で悦ばすように軽くはさみ、唇でしごきました。

私がこうして性器を口で弄《もてあそ》ぶのと同じように口づけをすることを、あなたは悦んでくれました。

そんな人ははじめてでした。あなたの前につきあった男たちは、私の欲望に腰が引けてしまうようなつまらない男たちばかりでしたから。

あなたの唇が離れると、混じり合った唾液《だえき》が糸を引きました。

「いやらしい顔をしてる。そんな君が好きだよ」

これが最後の口づけであろうことは、言葉に出さなくてもわかっていました。

あなたは自分の替わりに、左腕を私にくれたのです。

「私もあなたのこと、すごく好きだった」

「知ってる。僕のことが誰よりも好きな君の気持ちに、今までどれだけ支えられてきたことか。だから、これから先も君の幸せを祈っているよ。僕にできることであれば、君が望むことはすべて叶えてあげたいと願っている」

「ありがとう」

あなたはさよならとは言いません。そんな必要もありません。

だって、あなたの左腕は私のものになったのですから。

私はもう、寂しくない。

どんなに抱き合って肌を合わせても夜を一緒に過ごしてくれないあなたよりも、この左腕のほうが私の孤独を埋めてくれるのです。

「愛してるよ」

別れの言葉のかわりにあなたはそれだけ言い残して、私の眼の前から、静かに消えていきました。

私はあなたの姿が失われても、あなたの片腕を抱きしめ、体温を感じてひたすら幸福を味わっていました。

薄桃色と紫のグラデーションが華やかな絹の風呂敷《ふろしき》に、そっとあなたの片腕をつつんで家に持ち帰りました。バスや電車で人に押されて折られたり、傷つけられたりしたらたまらないと、奮発してタクシーを使いました。

「何かお稽古《けいこ》の帰りですか」

と、タクシーの運転手は言いました。

「え？」

「大事そうに風呂敷を抱えておられるから、楽器か何かと」

私は曖昧に笑うと、運転手もそれ以上は聞いてきませんでした。ただ、そのあとくすくすと声を出して笑いはじめた私を気味悪そうに見ているのが、バックミラーに映る不審そうな目でわかりました。

タクシーを降りて、くすんだ灰色の二階建てのアパートに到着しました。

私は階段をあがり、自分の家のドアを開け、狭い台所を抜けて寝室に入ります。

六畳の部屋に似つかわしくないセミダブルのベッド。そこにふわりとかけられた、薄い桃色の柔らかなガーゼ生地のシーツの上に、風呂敷でくるまれたあなたの片腕をそっと横たえます。

ひざまずいてあなたのズボンのベルトをはずし、ジッパーを下ろすときのように胸を弾ませながら風呂敷包みをほどきました。

筋肉質ではないけれど、色黒で、指の関節だけがはっきりしているあなたの大きな腕が、息をしています。中指の関節の内側にあるななめの傷は、小学生の頃にカッターで怪我《けが》をしたものだと聞いています。

こうしていると、あなたがそこで眠っているかのようです。

部屋に不似合いなベッドは、あなたがここに訪れるようになってから購入しました。あなたの寝心地のいい場所をつくれば、いつか泊まってくれるのではないかとあの頃は期待を抱いていました。

壁が薄いから、この部屋であなたと抱き合うときは、必死に声を押し殺していました。

ときには私は自分の口を手で塞《ふさ》いだものです。そうして手を使い声を抑えているのが、あなたはひどくおかしくて気に入ったようで、私の指の間から声が漏れるようにと、ひときわ激しく突き上げました。

腰を動かしながら、あなたは左の手のひらで私の顔をさわります。女の顔にふれるのは癖なのかと聞くと、「君の肌が好きだから」とあなたは答えました。

「肌がきれい」ではなく「肌が好き」と言われたのが、嬉しかった。

あなたの言葉が注ぎこまれ、水甕《みずがめ》が溢《あふ》れそうになります。

溢れることを怖《おそ》れながらも、私は水甕の中に身を浸しているのが気持ちよかった。

あなたは、私の顔のどこに何があるかを確かめるように指を這《は》わせます。私の唇にふれたときに、私はすかさずあなたの指を口に入れます。

私はあなたに突かれるのもふれられるのも好きでしたが、口に含むことも好きでした。唇や舌で味わいながら、匂《にお》いを嗅《か》げるではありませんか。

煙草《たばこ》を吸わないあなたの指先を舌で押し、時折嚙《か》んでもみました。

あなたの全身を口で弄ぶのが私は好きでした。

足の指から恥ずかしいところまで、裏の裏まで全《すべ》て舐《な》めて、そこにあなたがいることを確かめていました。

結局、あなたは夜を一緒に過ごしてくれることはなかったけれど、あなたの片腕は今日から毎日、私の傍にいてくれます。

私はもう待ちきれません。本当は、今晩は隣に寝て、ゆっくりと眺めていようと考えていたのに、どうしてもあなたの片腕を味わいたくてたまらなくなりました。

私は服を全て脱ぎました。

そんなはずなどないのに、あなたに見られているような気がして、私は恥ずかしくてどくどくと奥から溢れてくるのを感じています。太ももの間をぬるいものが伝っています。

私はベッドに横たわり、片腕の手のひらを私の顔のほうに向けて、じっくりと観察しました。

何度見ても、あなたの腕には飽きません。あなたの手だけではなく、顔も性器も足も愛《いと》おしくて、ずっと見つめていたかった。

私はあなたの中指をそっと口にしました。指が、ぴくりと動きました。

温かさも匂いも味も、あなたのものです。間違いなく、あなたのものです。

あなたは自覚してなかったかもしれないけれど、薄《うっす》らと体臭があります。それを私の身体やシーツにうつしたくて、もっとあなたに匂いを、汗を出させようとしました。性器を味わうように、あなたの指に隙間なく唇をつけて、上下になぞります。最初、あなたはそうされるのをこそばゆがっている様子でしたが、次第に興奮をおぼえたようです。

私が指を唇でしごき続けていると、あなたの腕が少しばかり汗ばんできました。指がかすかに震えているのは、感じてくれているからでしょうか。

私は先ほどから、溢れる水でシーツを濡《ぬ》らしていました。

「ねぇ……もう、こんなになってるから……」

私はあなたの腕を右手で持って、私の唾液がついた指先を、はっきりと熱を持ちはじめた女の水源にふれさせました。

指先が、あなたがいつも髭跡《ひげあと》でこすっていた私の薄めの陰毛の先の突起にふれると、体に電気が走ったように私の腰が浮き、たまらず叫んでしまいました。

やはり、これはまぎれもなく、あなたの指に違いありません。

あなたの指でないと、一瞬ふれただけで、こんなふうに全身が震えはしないのです。

私は足の力をゆるめ、自分から少し隙間をつくりました。

あなたの指はそれを察したのか、人差し指と中指を自ら動かして、すべりこむように潜っていきます。

私はためしに、あなたの腕を支えていた手を外しました。思ったとおりでした。あなたの腕は、私が手を添えていなくても、自分の意思で動いています。いつものように、私の身体を悦ばせようとしてくれます。

あなたの指がふたつに別れた私の襞《ひだ》の狭間《はざま》にたどり着くと、中指がぬるりと自然に頭を入れてきたので、私はまた声をあげて、のけぞりました。

もうこんなに濡れてるなんて、本当にいやらしい——あなたの声が耳元で聞こえたような気がしました。

あなたの腕は声を持たなくても私の中で音をたてています。私はあのとき、あなたが私に何をいうのか、どんないやらしい言葉で私を悦ばしてくれるのか、いつも楽しみでした。

いつからこんなになってたの——あなたに問いかけられているようです。

私は片腕をもらったときから、欲情していたのです。あなただって、気づいていたくせに。だって、あなたは私のことを、全てわかっているのですから。

あなたが片腕をくれて、私はその腕で、指で、爪《つめ》で、どんなことをして遊ぼうか、どんなことをされるのかを考え、時間を気にせずにいつでもあなたの腕とふれあえるのだと思うと、身体の奥から激流のように欲情の波が押し寄せてきました。

タクシーの中で、柔らかな絹の風呂敷につつまれたあなたの腕を抱きしめながら、私は早くふれられたくて、遊ばれたくて、いじられたくて、たまらなかった。私のもとから妻のところに帰らない、言葉を発せず私を傷つけない、私をひとりにしないあなたとふたりきりになりたくて、しようがなかった。

あなたの人差し指と中指が、快感の波をたてるように下から上へと私の肉の裂け目をなぞります。

わざとなのかそうでないのか、時折、私から溢れた白い液にまみれた指が、裂け目の先端に既に顔を出している丸い快楽の頂点に軽くふれると、私は身をよじらずにはいられません。

私は口を自分の手で塞ぎました。あなたが悦んでいた、あのしぐさです。

あなたの指は、たっぷりと粘液をまとわりつかせ、私の中に入ってきました。まるであなたの肉の棒が差し込まれたかのような錯覚を覚え、思わず大きく両足を広げて受け入れる形になりました。

指が何本入っているか、わかりません。

ねじこまれた指が、私の襞をえぐるように動きます。指先の動きに誘われたかのように、私は自分の腰が動いているのに気づきました。

快楽を高めるために腰を動かしています。

指はぐるりと私の肉襞を押してはじいたあと、今度はゆっくりと出し入れをはじめました。

あなたの指が深く差し込まれる度に、かたい関節が、私の身体の中で一番感じるところを押します。

水が湧《わ》きだす淫《みだ》らな音がひっきりなしに聞こえてくるのが、恥ずかしい。

あなたにこの音が聞かれているのかと思うと、泣きたくなります。

何度も寝て、どんな恥ずかしいこともしたつもりなのに、こうしてふれられる度に、囚《とら》われるのが怖くて逃げ出したくなる。

恥ずかしさ、嬉しさと快楽が一瞬であることの悲しみに、私の胸は痛みます。

でも、それも昨日までの話です。

今夜から、ずっと一緒にいられて、いつだって、私が望むときに、あなたが私をこうして悦ばせてくれるのですから。

だからといって、私は、あなたの片腕を、あの無粋な玩具《おもちゃ》と一緒にしているのではありません。

近頃は、女性たちがあたりまえのように持つようになったとも言われている、あの男性器の形を模した玩具が私は嫌いです。

昔、つきあった男にためされたことはあります。ひとりで寂しい夜に、少しぐらいは慰めになるかなと手に入れたこともあります。

けれど駄目でした。それは無機質な物体でしかなく、単調な振動も、ぬくもりのない人工的な柔らかさも、私に何も与えてくれませんでした。

あんなもので悦び満たされる女性たちを私は皮肉ではなく羨《うらや》ましく思います。

あなたでしか悦べない私よりも、よっぽど夜を楽しく過ごせるではありませんか。

他の男性とも寝てみたことは、正直あります。妻がいるあなたへのあてつけのような気持ちがなかったといえば嘘になりますけれど、ただ単に、ためしてみたかったのです。他の男とは、どう感じるのかと。

けれど、それも駄目でした。

他の男は無機質な玩具と同じで、私に何ももたらしてはくれませんでした。

あなたしかいないのです。

それはとてもこわいことです、私にとっても、あなたにとっても。

こわいことですが、これ以上ない幸福でもあります。

あなたはそれがよくわかっていました。私の執着も、それをどうすることもできないことも。

「いつか僕は君に殺されるかもしれない」

あなたがそう言った時に、私は言い返しました。

「そうじゃない、私があなたに殺されたいの」と。

だから、こうして片腕を与えてくれたのですね。

私は目を瞑《つむ》り、あなたの指の感触を味わいながら口を押さえていた自分の手を離して声をあげていました。

もう隣の部屋に聞こえてもいい。

こうして私に片腕を与えてくれたときから、このためだけに生きようと決めたのです。私は他に欲しいものはありませんし、あなたさえ一緒にいてくれたら、もうそれでいい。誰にどう思われても何を失っても、かまいません。私が一番望むものが手に入ったのですもの。

あなたの指は速度をあげていきました。何をされるのかわかっていましたから、私は身体の力を抜いて、全てをゆだねました。

私の中であなたの指が少しまがり、指の腹が私の中の快楽のボタンを押しています。私は頬に冷たいものを感じました。

泣いていました。

あなたの指に可愛がられることが嬉しくて、涙がこぼれたのです。

私は開いていた両足を閉じて、腕をはさみました。こうするとあなたが動きにくくなるのはわかっているけれど、太ももであなたを感じられます。

片腕は汗ばんでいました。わずかばかりの体毛が、私の足の間をそよいでいます。誰も届かない身体の奥から溢れるものを感じました。噴火した火山から噴き出たマグマのように、こちらに向かって猛進してくるものがある。

それは私を解き放とうとしてくれています。私の先にある光に導くことができるのは、あなただけです。

目の前に光が迫り吸い込まれた瞬間、私は咆哮《ほうこう》し、水を溢れさせてしまいました。

私は果てたあとも、鳥肌がたったまま痙攣《けいれん》していました。

酸味を帯びたツンとくる匂いがして、瞼《まぶた》を開けると、目の前にあなたの手のひらがあります。

私は片腕を抱き寄せて、私のもので湿ってしまったその指を口に含みました。

唇の感触を与えられ、指がかすかに動きました。

私は気持ちがよかったけれど、あなたはどうだったのかと気になりました。

いつもなら射精であなたが果てたことがわかるけれど、片腕しかそこにないから。

そんな私の気持ちを察したかのように、あなたは私の頰をさすり、頭をぽんぽんと軽くたたきます。

まるで、大丈夫だよ、君は僕のことなど気にせずに、気持ちよくなってくれればいいのだよと伝えてくれているかのように。

あなたは、本当に優しい人です。

目の前の女のことだけを考えて、全てを注ぎ込んでくれます。

あなたが、妻がいながら私を求めるのは、決して性欲が強いという単純な理由だけではなく、寂しいからだと私はわかっていたので、責めたことも、奥さんのもとに帰らないでとすがったこともありません。

けれど、本当は私も寂しくてたまらなかった。この部屋で、ひとりになったとき、あなたの心の渇望《かつぼう》を満たすことができない自分の無力さが情けなくて眠れない夜も多かったのです。

そうして、あなたを恨んだことも、あなたの妻を呪《のろ》ったこともありました。

でももう、そんなことはいい。忘れます。

片腕の隅々まで私は口をつけて、汗を味わい、久しぶりに安らかな眠りにつきました。


目覚めるのが怖かったのは、夢だったらどうしようと心配していたからです。

私は朝日を感じながら、目を瞑ったまま、あなたが隣にいるかどうか確かめようとベッドをまさぐりました。

あなたはそれを察したのか、ぎゅっと私の手の甲を握ってくれました。ここにいるよと言わんばかりに、血の通った温かさを伝えてくれました。

私は目を覚まし、そこに片腕があるのを確かめて、抱き寄せました。

夢ではありませんでした。あなたははじめて、私と夜を過ごしてくれて、まだここにいてくれるのです。

私が口をつけて、爪の固さと関節を味わい、指を口に含むと、片腕はこそばゆげに動きました。嫌がっているのではないことはわかります。

あなたの手のひらを自分の頬にあてました。こうしていると、時間が経《た》つのを忘れます。

あなたの肘も、私は好きでした。肘の内側の傷跡は、若い頃に転んだときにできたものです。あなたの手は決して美しいものではなかった。肌も強くなくてすぐに荒れるのは聞いていましたから、これからは私が大事にするように気をつけます。今まで太陽の光の中で、あなたの腕をこんなにまじまじと眺めたのははじめてです。今までは、夜しか会えなかったから。

腕を眺め、撫でさすっている間に、時計の針は九時を過ぎてしまいました。仕事はもう完全に遅刻ですけれど、かまいません。

私は携帯電話の液晶に何かが表示されているのに気付きました。どうやら夜の間に、幾つか着信があったようです。

あなたを探しているのでしょうか、あなたの片腕を。

私は携帯電話の電源を切りました。あなたがここにいるのなら、もう誰とも連絡をとる必要はありませんし、外の世界はすでに私たちにとって邪魔者でしかないのですから。

私は家を出なくなり、一日中、片腕と過ごす日々がはじまりました。

最初、あなたから片腕をもらったときに、予感はしていました。あなたさえいれば私には何も必要なものがなくなるから、仕事も行かず、友人とも会わず、ひたすらあなたとだけ過ごすようになるだろうと。

それは私にとって、一番幸せで理想の世界でした。

今までだって、あなたと私以外の世界中の全ての人間が死んでもかまわないと思っていました。

他人は、私とあなたの邪魔をする存在に過ぎません。

友人も親も、そしてあなたの奥さんもそうです。ふたりにとっては、全てが敵なのです。

私はあなたの片腕を手に入れ、ようやく安住の楽園を見つけることができました。

あなたと私の出会いを、覚えていますか。

私は映画館のロビーのベンチに気分が悪くてうつむいて座っていました。

好みではないけれど、製作に関わっている知り合いから招待券をもらって気が進まないまま訪れた、甘くくだらない恋愛映画でした。

役者も下手で、低予算なのにそれを補うアイデアもなくて、しかも身内受けを狙《ねら》っているのがありありとわかり、私は気分が悪くなり途中で場内を出ました。

私は昔から心と身体がつながり過ぎているようで、嫌な想《おも》いをしたり悲しくなったりすると、すぐに体調が悪くなるのです。

もちろん、くだらない映画を観《み》る度に体調を崩していたら生きてはいけません。その日は映画だけではなくて、思いがけず画面に見たくないものを発見したからです。

それはつい数ヶ月前に別れた男と、別れるきっかけになった女の姿でした。招待券をくれた知人と、別れた男が知り合いであることは知っていましたが、まさかちらりとエキストラで登場しているとは思いもしませんでした。

一時は結婚話までしていた男は、若いだけで美しくも賢くもないくだらない職場の女の誘いにのり、私に別れを告げました。

けれど、私も男の身勝手さや傲慢《ごうまん》さにうんざりしていた頃でしたので、そのこと自体は渡りに船で傷つきもしなかったはずなのです。

それなのに、画面で彼らの姿を見て嫌な気持ちになったのは、楽しそうな彼らに比べて、その頃の私がひどく孤独を感じていたからでしょう。

せいせいしたのは確かなのに、すぐにひとりが寂しくなり、でも相手が誰でもいいわけじゃないから、心がふらふらしていました。

私にとってはひどくくだらない映画だったのに、「泣ける」と評判になっていたのは知っていました。

だから私がベンチでうつむいていても、映画に感動して泣いていると思われたようで、誰にも気にかけられてはいませんでした。

本当は思いのほかしんどくなり、私は軽く意識を失っていたのです。

目を開けると、あなたが私の隣にいました。

「大丈夫？」

あなたは自動販売機で買ったペットボトルの水を私に手渡しました。

あなたの左腕が私の肩を抱き抱えてくれたので、私は倒れずにすんでいたのです。

「映画がくだらなすぎて、気分悪くなったのかと思って」

御礼も言わずに、あなたが差し出した水を私はごくごくと飲みました。

立ち上がろうとすると、まだ少しふらついていたので、あなたは再び座るようにうながし、「もたれたらいいよ」と言いました。

初めて会ったあなたの左手が私の肩にふれ、温かく心地よくて、私はそのままあなたの胸に体重をかけ目を閉じました。

すうっと気分がよくなっていたけれど、私はあなたの左側から離れがたくてしばらくそうしていました。

あのときから、私はあなたの左腕が欲しかったのです。

私を甘えさせ、支え、助けてくれたあなたの左腕が。

どこにも行かず、家から出ずに、あなたの片腕とふたりきりで暮らし始めて一週間ぐらい経った頃でしょうか。

部屋のインターフォンを誰かが鳴らしました。

私はあなたとの戯《たわむ》れを邪魔され、嫌な気分になり、思わず舌打ちをしてしまいました。

無視を決め込みましたが、しつこくインターフォンは鳴らされます。面倒なことになると嫌だなと思いなおして、私は仕方なく服を着て応答しました。

「――どうしてるんだよ」

私の名前を呼ぶ声が聞こえてきました。

一瞬、誰だかわかりませんでした。

「会社も休んでるし、電話にも出ないし、心配だから来たんだよ」

会社の同僚です。ふたつ年上の男で、以前から気にかけてくれてはいました。

「大丈夫、ちょっと具合悪かったけど、今は元気だから」

とりあえず、なんとかその場をしのごうとしました。

「いや、そうじゃなくってさ。うちの会社に電話かかってきたんだよ、奥さんから。出たのが俺だったから、体調悪くて休んでるとかごまかせたけど、向こうも様子がどうもおかしいし気になって」

私がせっかく携帯電話の電源を切り、忘れようとしていたことを、どうしてこの男は思い出させるのでしょうか。

「あの男の件は、俺も聞いたよ。ショック受けてるだろうから、そっとしておくつもりだったけど、面倒なことに巻き込まれる前にお前に会いたくてさ。だから開けてくれよ、話をしよう」

余計なお世話です。

そういえば、あなたのことで寂しさにこらえきれず、この男と飲みに行き愚痴を言って、そのまま寝たことが何度かあります。

そのあとで、あんな男と別れて俺のものになれと言われたことも、好きだと言われたことも、忘れていたのに、思い出してしまった。

好きだという言葉は、不思議です。

あなたに言われると、天にも昇るほどうれしいのに、あなたではない人に言われても、乾いた響きしかもたないのです。

「ほんとに大丈夫だから。また連絡する」

私は適当に答えました。

「俺はお前のためを思って言ってるんだよ」

男の言葉がひどく鬱陶《うっとう》しい。何が私のためなんでしょうか、嘘っぱちです。しかも「お前」なんてなれなれしい呼び方をするなんて厚かまし過ぎます。

どうして男の人は、自分を良く見せるために、親切な人や優しい人を演じたがるのでしょうか。

あなたにはそういうところはなかった。正直だから、好きだった。

私の望みなんて、私しか知らないはずなのに、それを理解した気になっている男が腹立たしくてたまりません。

「本当に私のためを思ってるなら、好きにさせてよ。私は、あの人と、ふたりきりでいたいの。会社にも行かないし、誰とも会わない。もう一生、それでいい」

私は本心を告げました。

「何言ってるんだよ……本気か？　本気だとしたら、お前、狂ってるよ。だってあの男は——」

扉の向こうの男が呆《あき》れたような、哀《かな》しそうな声を出しました。

それでもしばらくは、何かぶつぶつつぶやきながら佇《たたず》んでいたようですが、私はもう何も聞かないことにして、寝室のベッドに戻りました。

小一時間ほどすると、けたたましく階段を降りていく音が聞こえたので、諦《あきら》めて帰ったようです。

狂っているかもしれません。

あなたしかいらない、あなたとふたりきりで生きていたいなんて願うことは。

けれど、それは私の本音でした。

そしてふたりの世界が壊されるぐらいならば、消えてしまいたいとすら思いました。

誰かに邪魔されるぐらいなら、無くなってしまえばいい。

あなたも、私も、この世界も。

男が来た翌日のことです。

インターフォンが繰り返し鳴らされます。無粋で不愉快な音です。

最初は、またあの男が来たのかと思いましたが、そのヒステリックで執拗《しつよう》な鳴らし方が気になりました。

「誰？」

私が声をかけると、「開けてください」と、声が聞こえました。

どこかで聞いた覚えのある、嫌な女の声です。

「どなたですか？」私はもう一度、声をかけました。

「――の妻です」

低く、煙草の吸い過ぎなのかざらついている声です。なんて醜いのでしょうか。

どうしてこんな声の女が、あなたの妻なのでしょうか。

自分を抱く男が、こんな不愉快な声の女の身体にもふれているのだと思うと吐き気がします。

汚いダミ声で、あなたの名を呼んで欲しくない。妻だと名乗って欲しくない。

「開けてください、お話をしたいんです。あの人のことで、聞きたいことがあるんです」

妻など入れたくはありません。ここは私とあなたの部屋です。

だいたい、たまたま私より早くあなたと知り合って、婚姻届を出して一緒に住んでいただけのくせに、私の部屋にいきなりきて入れてくれなんて、何様のつもりでしょうか。妻という人種の傲慢さを改めて私は憎みました。

「私にはお話しすることはありません、お帰りください」

私はできるだけ冷静に聞こえるように低い声で言いました。

「……片腕だけないのよ……左腕だけ……」

女の声がひとりごとのように途切れ途切れに発せられます。

「あなたは何か知ってるんじゃないの。ねぇ、左腕だけ見つからないのよ。このままじゃ可哀想《かわいそう》で、お墓にもいれてあげられないじゃない」

当たり前です。

片腕は私のところにあるのですから、妻のもとにあるわけがない。

「あの人が可哀想、片腕がないなんて……。ねぇ、あの人、そこまで思いつめてたなんて、私、気づかなかったのよ。私は、あの人がしたいようにすればいいと見て見ぬふりしてきたから、いきなりあんなことになるなんて思わなかったのよ」

女がさもわかったかのように語ることが不愉快でなりません。

何もできなかったくせに。

一番傍にいたのに、自分の心を守るために、あなたの孤独を放置してきた女が今さら何をいうのでしょうか。

私がどれだけ望んでも、決して手に入れることのできなかった、あなたの夜を所有する権利を持っていたくせに。

「遺書がなかったから、何を考えていたのかわからないの。だから、あなたにも話を聞きたいのよ……。あの人の身体《からだ》は、高いビルから落ちて道路に叩《たた》きつけられた上に車に轢《ひ》かれてぐちゃぐちゃになって……でも、片腕だけないの。お願い、ここを開けてよ。私は妻なんだから、ちゃんとあの人を葬《ほうむ》ってあげないといけないのに、このままじゃできない――」

扉の向こうから、芝居がかったすすり泣きの声が聞こえます。わざとらしくて、反吐《へど》が出そうになりました。

私の同情をひこうなんて馬鹿《ばか》なことを考えていることが、そもそも間違いです。私は苛立《いらだ》ちました。この女が今になって、あなたを想っていたかのごとく語ることにも、自分が夫の孤独を何とかできたかもと思っていることにも。

他人が救うことなどできるわけがないし、できると思うのは傲慢です。

あなたの孤独も私の孤独も近づき慰め合い身体を重ねることで、一瞬だけは癒《いや》されましたが、それでも哀しみや寂しさは深くなるのです。

どんなに愛しても、私はあなたを救うことができないのはわかっていました。

孤独という病に侵され、そのくせ妻や私の存在に雁字搦《がんじがら》めになって苦しんでいたあなたは、生き続ける限り苦しむであろうことも。

だから私は、あなたの望み通りに、あなたを消してあげました。

お互いの望みを叶えたのです。

私はあなたから片腕をもらい、踏み出す勇気のないあなたの背を押してあげました。

痛みにのたうちまわる隙を与えずにあなたをつきおとしたのは、私の優しさです。

肉体の苦痛は一瞬で終らせてあげなければと私は必死でした。

そしてあなたは私の眼の前から、消えた。

妻の座にふんぞり返り、あなたという存在を見て見ぬふりし続けた女は、何もわかっていません。

あなたの背を押し、楽にしてあげたのは私なのです。

愚かな妻は、あなただけでは飛び降りる覚悟も勇気もないことすらわかっていません。

あなたを愛しているのは、この世に私だけしかいない。

だから、私はあなたの背を押すことができました。

私は妻に教えてやろうと思いました。声を聞かせてやろうと。あなたとの営みが、どれほど素晴らしいものかということを。私とあなたが、どれだけ幸福かということを。

私は片腕を抱きしめ、口づけしました。

恋人同士のキスは、セックスのはじまりの合図です。

「あなただけでいいの、あなたの片腕だけで」

私がそう言うと、あなたはそれにこたえるかのように、手のひらで私の下腹部をゆっくりと撫《な》でまわします。あなたの手のひらが、私の肌を味わうかのように動きます。たまらず、足を開いてしまいました。

そこじゃない、ここなのと、言いたいのをこらえながら。

私は充分に潤《うるお》っているのに、あなたはたやすく私の望みを叶えてはくれないのです。さんざん撫でまわして、あなたの手のひらがはなれたので、私はいよいよだと悦《よろこ》びましたが、あなたの手は私の足のつけねではなくて、私の顎を持ち上げるようにしました。

あなたがいつも口づけをするときに、そうしていたように。

私は尖《とが》らせた唇を突き出しました。あなたの顔も、唇もここにはないことを知っているのに、あなたの接吻《せっぷん》を待ち受けてしまった。

目を瞑り、耳を塞いでいたら、なんだって自由なのです。

そこは私だけの世界なのですから。

私の唇に、柔らかいものが押し当てられた感触がありました。

あなたの手の一部なのか、指先なのか、わかりませんが、確かにそこに存在します。

ぁあ——声をあげたのは、私の足が大きく広げられたからです。

目は閉じたままでした。見てはいけないととっさに判断したのです。

見てしまえば失われると、わかっていました。

私は、これがふたりだけの世界であることも、幸せな時間は永遠ではないこともわかっていますから、せめて今だけはあなたと交わっていたいのです。

私の身体がそって腰が高く浮き上がると、太ももの内側をあなたの指がさらさらとそよぐように動きました。

私の鬢を撫でるように、はじくように。

私は扉の向こうにいる妻に聞かせてやろうと意識しながら、甘い声を張り上げました。

その声にこたえるようにあなたの手はやり方をかえて、人差し指と中指で、縦になぞります。

そこがぬめりを持ちはじめるとにゅるりと入ってきます。

「うう……」

私は声をふるわせました。

いつもと、違います。全てが入ってくるのです、指だけではなくて。

それはあなたのペニスのようでもあり、そうではないような気もします。

形を柔らかくして、あなたの片腕は私の中の形に合わせて入り、満たしてくれます。

まるで鍵穴《かぎあな》と鍵のように、私のそこにあつらえたようにあなたの片腕は形を変えました。

そうして私の中があなたで満たされて奥まで一杯になったことを知ると、全身が震えました。

絶頂というのとは、また違う、一瞬だけのぼりつめて得られるものではなくて、全身にあなたが入り込んで私を支配し、私とあなたがひとつになっている、そんな感覚です。

あなたは私のさらに奥に入り込んできました。

私の身体の中に、あなたがいるのです。

あなたの左腕が形を変え私の中をはいずりまわり、私を弄《もてあそ》びます。

私は泣き声まじりの叫び声をあげていました。

もう、あなたとひとつになれたのだから、このまま死んでもいい――。

幸福や快楽など一瞬に過ぎないのだから、絶頂の際《きわ》に死ぬのは、昔からの私の願望です。

「いったい何をしてるのよ！　そこに何かいる？　誰かいるの？……開けなさいよ。でないと大家さん呼んでくるわよ！」

扉の向こうで、女の口調が、がらりと強いものに変わりました。

足音が遠ざかります。誰かを呼びに行ったのでしょうか、この部屋に踏み込んで、あなたを取り戻すために。

無粋な女です。声を聞かせても、あの女はわからなかったのですね。

ふたりきりの世界は、まもなく壊される予感がしました。

そうなると、私もあなたの元に行くしかありません。

それは最初から、覚悟の上です。だから私はあなたの片腕を望みました。

私をあなたのもとに導いてくれる腕を。

「ねぇ、いいでしょ」

私が話しかけると、片腕が指を少し曲げて承諾の意を示しました。

君の望むものを与えてあげる、それが僕の愛なのだと言いたげに。

最後まで口に出さずとも、察してくれていたのですね。私の本当の望みを。

あなたの片腕は指を私の首筋にあてました。

指の腹で、私の気持ちを確かめるように軽く、そっと押してきます。

「大丈夫、抵抗なんかしないから。私を信頼してくれているから、私は背を押せたの。

私もあなたを信じているから、ひとおもいに」

私の声が震えているのは恐怖ではなくて、悦びのためです。

何度も口に含んだ、あなたの指が私の首に食い込んできます。

今まで、あなたが私の上になったときに、何度このまま殺してほしいと思ったことでしょうか。

容赦なく、力を入れてください。痛みも苦しみも怖くはありません。

あなたを失うこと以外、怖くない。

あなたの妻だけではなく、何人かの声が聞こえてきて騒がしくなりました。

階段を上る複数の靴音が聞こえます。

ガチャガチャと音がするのは、鍵穴に鍵が差し込まれたからですね。もう時間がありません。

けれど、私たちの世界が壊れる瞬間を幸福にも私は見ずに済むようです。
愛するあなたの指が渾身《こんしん》の力を振り絞った瞬間、私の望みは叶《かな》えられるのです。
まるであなたに抱きしめられているような気がしました。
あなたの愛情を強く感じながら私の世界に闇《やみ》が訪れました。

卍《まんじ》の女

先生、わたし今日は何もかもお話しするつもりで来たんです。あの出来事から、いろいろ好き勝手なことを推測で書かれたり噂《うわさ》されたりしたんやけど、何ひとつほんまのこと書いてるもんはありません。わたしなんか少しええ家に生まれた、ただの主婦にすぎひんのに、それでもこんだけおもしろおかしく話題にする人がいはるのが不思議です。

先生もご存じのように、わたしの実家は京都の西山にある大きな家で、父親はそこそこ有名な日本画家で母親と年の離れた兄がおります。父親はわたしにとっては優しいええお父さんやけど、ただの絵描きやのうて、政治家や財界の人らや芸能人とも仲がようて、子どもの頃からいろんな人が家に来て、可愛《かわい》がってもらいました。父親は女の子が欲しぃて、でもなかなか兄の次に子どもができひんかったから諦《あきら》めとったみたいやねんけど、兄が生まれて十年以上してから、わたしが生まれました。

わたしがおとなしいて、ぼおっとした子で、よう風邪ひいたりしてたのもあるかもしれんけど、両親にはそれはそれは大事に育てられました。幼稚園からずうっと東山の仏教系女子大学の付属の学校で、そのまま大学も卒業しました。中学校から女子校やったし、女ばっかりの社会で育ったんです。アルバイトも就職もしたことあらへんまま結婚しました。先生みたいな女の人からしたら、つまらん人生や、おもしろない女やって思われるんちゃうかな。先生の本は、夫がすすめてくれて読んだんです。夫も、たぶんどんな内容かわからんまま「同僚にもらったんやけど、これ、園江《そのえ》の卒業した大学がモデルの話らしいで」いうて、くれたんです。先生の本て、みんな表紙が綺麗《きれい》やろ？　わたしもまさか官能小説やなんて知らんと読んでみたんです。舞台になってる大学は確かにわたしの知ってるところや。坂に桜並木があるのも覚えがある景色です。主人公のひとりが私と同じ日本画家の娘やいうのも身近に感じました。そやけどまさか女同士が愛し合う話やなんて……でも、一気に読んでもうた。読んだあともドキドキしてました。先生がわたしと同じ女子大やったいうのも知って、なんや勝手に親近感持って、それでお手紙を差し上げて、先生が返事くださってそれからやり取りがはじまりましたよね。

先生のインタビューも読んで、女同士で愛し合ったことはない、男の人しか知らん言うてはるのにも驚きました。全く経験ないのに、あんなふうに書けるんや、小説家ってすごいなぁと思いました。そやけど、経験なくても、気持ちがあるから、書けるんやないですかってわたしが手紙に書いたときに、先生から「女同士は男と女と違って射精がないから終わりがないし、肌と肌とのふれあいが書ける。私はそれがほんまのセックスやと思うし、それに憧《あこが》れる」って返事が来て、嬉《うれ》しぃなったんです。先生は経験ないかもしれんけど、わかってくれてはるわって……。そやから、わたし、先生に話そうと思ったんです。

ほんま恥ずかしいぐらいに親のいう通りに生きてきました。おとなしいし、箱入り娘で男の人ともほとんど口きいたことはあらへんけど、わたしを好きとかいうてくる人はおったんです。わたしはそない自分の容姿に自信あらへんけど、父からは「目がぱっちりしとって鼻筋も通って睫毛《まつげ》もふさふさで昔のフランス人形みたいや。男が放っておかへんから気をつけなあかん」って言われてました。でもわたしは父の描く日本画のような切れ長の目で小さな唇の涼しげな顔の女の人を綺麗やなぁって思ってたから、わたしみたいなはっきりした顔立ちは好きやなかったんです。

ずっと女ばかりの世界におったせいかもしれんけど、男の人に言いよってこられても嫌なだけでした。高校のときに学校を出て坂を下りて、「園江ちゃん」って、いきなり名前で呼ばれて振り返ったら学生服着た男が立ってました。ひとりやないんです。そのうしろに五人ほど、同じ制服着て――私立の男子校ですわ――にやにやしとるんです。「園江ちゃん、僕とつきあってください」声をかけてきた男が、そう言うて頭を下げました。いきなり知らん人に言われても困るだけやろ？　逃げようとしたら、男らがわたしの前に来てとおせんぼしたんです。「こいついいやつだからつきあってあげてよ」「勇気出して告白するって言うから応援に来た」とか次々に口にして……わたし、おそろしいて悲鳴あげて逃げてしもた。いきなり知らん男に囲まれたら誰かて脅《おび》えますやろ。なんで男の人ってこんな強引で身勝手なことするんやろって、ますます男が苦手になりました。

大学のときはアルバイトもサークル活動も親がせんでえぇいうて、その代りお花やお茶や日本舞踊とかの習い事してました。同じ大学の子には、さんざん「いまどき珍しいくらいお嬢様」って言われて珍獣扱いされてました。「男の人とつきあいたいと思わないの？」とか言われたこともあるけど、「思わへん。嫌いやもん」って正直に答えると、びっくりされて、「可愛いのに男に興味ないなんておかしい」とか「あの年で親の言いなりになってるなんて異常」とか言われてたんです。

そうやって男の人と縁がないままやったんやけど、大学出てしばらくしたら、父が「園江、そろそろ結婚考えなあかんな」って言い出しましてん。そらわたしかていつかはお嫁に行くもんやとぼんやり考えてはいましたし、父も、わたしが変な男にひっかかる前に、自分が元気なうちにええ人んとこへ嫁がせようと思っとったらしいです。そうして会ったんが、夫の恒太郎《こうたろう》です。結婚したのはわたしが二十四歳で、夫が三十八歳やから年の離れた夫婦やけど、初めて会ったときから家族みたいで安心できました。細身で、清潔感もあって、何より真面目《まじめ》そうな人やった。大学の准《じゅん》教授やったんです。物理学の……何やさっぱりわたしはわかりませんけど、難しい研究をやって将来は教授になる言われてた人でした。父親が早《はよ》うに亡《な》くなって、母親に育てられながら奨学金貰《もら》って大学までいってひたすら勉強して努力しはった人ですわ。父が母に話しとるのもチラッと聞こえたんやけど、女の人ともほとんどつきあったことがなさそうで、そういう人のほうが安心やって考えたみたいです。

夫と会って、わたしが嫌がらへんかったから、とんとん拍子に話がすすんで、夫の大学の近くの左京区に父がマンションを買ってくれました。都ホテルで結婚式して披露宴行って新婚生活がはじまりました。ずっと親元におったから、夫とふたりの生活ってどないなるやろって心配してたんやけど、それが意外にもうまくいったんです。

夫のために朝ご飯を作って、早く帰るときには夕ご飯作って、家事の合間に習い事行ったりして、それなりに楽しかったんです。夫はほんま真面目で休みの日も図書館行ったり、唯一《ゆいいつ》の趣味が車の運転やったから、あちこち連れていってくれたり、不満のない生活のはずやった。

今でも考えるんです。わたしがあのとき、絵を習いに行くなんて言い出さへんかったら、今頃、子どもができて夫と平穏な暮らししてたんちゃうかって。先生、人生はほんま小さなところから狂うんやなぁ。人生って、小説みたいやなぁ。

日本画には昔から興味があったんやけど、父が画家やから家におる時はなんや抵抗があって、結婚して離れたからやってみようかと思ったんです。父に相談したら、「どうせならちゃんとしたところ通いや」いうて紹介してくれたのが、北山にある広いギャラリーがやってる絵画教室やった。お月謝も安くなかったし会員制で身元のちゃんとした人しかおらへんから安心やって聞いてました。

そこであの人に出会ったんです。蜜子《みつこ》さん――年はわたしよりも十一歳上で、わたしが絵画教室に通い始めた二十五歳のとき、蜜子さんは三十六歳の女盛りでした。蜜子さんが同じ教室にいはったときは、びっくりしました。蜜子さんを知ったきっかけは先生の本です。何冊か蜜子さんが装画を描いてはるやろ？　それで「蜜子」いう名前のイラストレーターさんを知ったんです。

　蜜子さんのお顔は、テレビや雑誌でも見たことあったから、すぐにわかりました。そやけでも、実物のほうが色っぽくて綺麗な人やったから、見惚《みと》れてしまいました。そやけど、なんで蜜子さんみたいな売れっ子がここにおるんやろって不思議やった。確か蜜子さん、生まれは大阪やけど大学出てそのあとは東京にいはるってどこかで読んだことがありました。あとでオーナーの奥さんに聞くと、自分の仕事の幅を広げたいから日本画を勉強したいんや言うて来てはるって知って、えらい人やなぁって感心しました。売れっ子やのに仕事に向上心を持って、わたしらみたいな素人《しろうと》に混じって絵の勉強してはるの知ったら、自分がこの人と一緒の部屋におってええんかなって恥ずかしくなりました。でも、二回目の授業が終わったときに、勇気を出して話しかけてみたんです。わたし、先生の本で蜜子さん知って、綺麗な絵やって、ファンになりましたって。

「ありがとう。でも、あなたも綺麗やで」って、ほんまに艶《あで》やかに微笑《ほほえ》みながらそう言わはって、わたし、顔が真っ赤になって俯《うつむ》いてしもたんです。蜜子さん、色が真っ白で黒いワンピースから見える首の下の肌がつやつやしてはった。ショートカットやけど、それがえらい女っぽくて蜜子さんの透き通るような肌や、切れ長の目と真っ赤に塗られた小さな唇が映えているんです。そうなんです、先生、蜜子さんは父の描く日本画のような涼しげな顔をしてはりました。声が低いんやけど、濁りがなくて、耳の奥に響いて、あとで何回も思い返してドキドキしました。

先生はもちろんご存じやと思いますけど、蜜子さんの名前が知られてるんは、仕事で売れてるからだけやありません。美大を出てすぐに、そこそこ名の知られてるイラストレーターと結婚しはったんやけど、家庭のある作家さんと恋におちはって離婚して、しかも相手の奥さんに訴えられはったんや。そやけどその作家さんとも別れて、若い大学生と同棲《どうせい》して、その男と別れるときに自殺未遂しはったり、最初の旦那《だんな》さんの弟子と関係しはったりと、男女関係の噂の多いことでも知られている人です。

実際に会ってみると、全身から匂《にお》い立つような色香が漂ってる人で、そら男はこの人放《ほ》っておかへんわと思いました。それに蜜子さんは、主に女の裸の絵を描かはるけど、全部色っぽくて上品で綺麗で、あんな絵を描く人が普通の人のわけあらへん。少なくとも、わたしみたいな夫しか男を知らん女とは別の生きもんです。わたしが蜜子さんの絵が好きで惹《ひ》かれてたのは、自分にはないもん持ってはるからやろなぁ。

そやから蜜子さんに「園江さん、モデルになってくれへん？」って声をかけられたときは、言葉が出てこうへんかった。わたしが口をあけてぽかんとしとったら、「あ、ごめんなさい。失礼なお願いやったかもしれんね、許してや」と申しわけなさそうに言わはったから、慌《あわ》てて「違うんや、びっくりして。だって蜜子さんの絵のモデルなんて、わたしみたいなもんが」って答えたんです。そしたら「私が子どもの頃に家にあった父のフランス土産のお人形さんみたいに愛くるしぃて、初めて見たときから目が離せへんかった。でも迷惑やったら断ってな」と言わはりました。

蜜子さんから「愛くるしい」なんて言われて、くらくらしてしもうた。わたしは挨《あい》拶《さつ》ぐらいしかできひんかったけど、いつも蜜子さんのことが気になってました。まさか蜜子さんもわたしを見ていてくれてるなんて思わへんかったから、びっくりして、嬉しいやら恥ずかしいやらですっかり動揺してしまいました。

「迷惑なんてとんでもないです。そやけど、ほんまわたしみたいなもんが蜜子さんの絵のモデルになる資格あるやろか」「何言うてんの。私は園江さんがええんや」そう言われましたが、蜜子さんの描く女の人は裸が多いから、わたしも脱がなあかんのかなと思いました。わたしは夫の前でも電気を消さな裸になれへんのです。おっぱいも小さいし、そのくせ腰回りには肉がついてるし、足は短いし……人さまに見せられるような裸ではあらへん。返事ができずにいたら蜜子さんはすぐに察してくれはって、

「ああ、裸になっていうことちゃうで。洋服を着たままでええんや。そのまんまモデルにして描くんやなくて、園江さんをモチーフにしたいんやから」と言わはったんで、わたしは「そやったら、かまへん」と答えました。恥ずかしいし、自信もないねんけど、好きな絵を描く人に「描きたい」と言われて断るのはあまりにも惜しいし——何よりも蜜子さんと近づけるのが嬉しかったんです。

蜜子さんの自宅兼アトリエは京都の北東、大原にありました。三千院とか寂光院のあるとこです。市内から車で四十分ぐらいやのに、山の中で周りは畑で静かなところです。古い民家を買い取って、リノベーションしてひとりで暮らしてはりました。蜜子さんは大阪の鉄鋼会社の社長の娘で、蜜子さんいわく「道楽のつもりで」美大に行かせてもらわはったそうです。「なのに道楽で終わらへんかって、本気で絵で身を立てようとしたんや。それも親は気にいらんかった上に、私の素行が悪いから縁を切られたんよ」と言わはりました。蜜子さんは東京にマンション借りてはるんやけど、創作に集中したいって二年前にこの家を買わはって今ではほとんど京都にいはります。

周りはほんま畑ばっかりです。民家がぽつぽつとはありますが何もあらへんのどかなところ——と言えば聞こえがええんやけど不便です。女ひとりで暮らすには寂しすえぎます。「車で五分行けばコンビニもあるし、何よりも採《と》れたて野菜を道の駅で買えて、毎日美味《おい》しいものが食べられるし、静かで空気もきれいで絵を描くにはわずらわしいことがなくて最高の場所や」蜜子さんは、そう言うてはりました。アトリエは玄関から入ってすぐ左の十帖《じょう》ぐらいある広いフローリングの一間で、木で出来た机の上にパソコンやスキャナーがあって、真ん中に大きなソファーがありました。家自体はそない大きくないんやけど、部屋のひとつひとつがゆったりしていました。台所は広くて、使いやすいように直さはったんです。そやけど、蜜子さんのような華やかで綺麗な人が、ひとりでこんな静かなところにひっそりと暮らしてはるのは、なんやもったいないような気がしました。「私、お酒飲まへんし煙草《たばこ》も嫌いやから酒場にも行かへんし、人見知りでパーティなんかも苦手。ひとりでいても平気やし、たまに美味しいものを好きな人と食べる機会があればそれで幸せや」と言うてはりました。

その言葉の通り、わたしは初めて蜜子さんの家に行ったときに手料理を振る舞ってもらいました。大原の野菜でつくった煮つけ、天ぷら、ご飯にお味噌汁《みそしる》、全部薄味やのに素材の味がええからほんま美味しかってびっくりしました。モデルになるために来たんやから、食べ過ぎてお腹《なか》出たらあかんって思ってたのに、全部たいらげてしまって「美味しい、ほんま美味しい」と口にしたら蜜子さんが「よかったわ、また食べに来て。人がおると作りがいがあるわ」と喜んでくれました。

アトリエに入ると、「そこ座って」と言われて、ソファーに腰掛けました。

「寝そべるような感じで、顔はこっち向いて、そう……」言われた通りにしてたんやけど……わたしはその日、白いワンピースを着とったんです。白い薄手の生地、膝上《ひざうえ》の丈で、一番気にいってる服です。そやけど、ソファーに横たわって、蜜子さんにじっと見られて……。蜜子さん、ほんまは服なんて邪魔やって思ってはるんちゃうかな、って思いました。だって蜜子さんの絵は、柔らかそうで、ちゃんと肉がついてる、潤《うる》おいのある色っぽいけど上品な絵なんです。そんな絵を描いてはる人のモデルをするのに服を着てるのがなんや申し訳ない気持ちになってきました。

それと……蜜子さんはわたしみたいなきっちりしたよそ行きの服やのうて、部屋用の灰色のワンピース着てはったんやけど……膝ぐらいまでしか丈があらへんから、そこからのぞく白い肉付きのいい太ももや、足を組んだときにちらっと見えてしまうその奥や……つやつやした柔らかそうな二の腕、盛り上がった胸のふくらみが気になってしょうがなかったんです。

先生、わたし、このときに気づいたんですわ。わたしは男の人よりも、女の人の身体《からだ》のほうが好きやって。女子校やったから、周りは女ばっかりやったし、女の人の裸を見る機会もありました。こんなふうにドキドキしたことはなかったんやけど、女の人って綺麗やなぁ、可愛いなぁって思ったことはあります。でも、それ以上、何か考えたことなんてあらへんかった。もしかしたら、わたしの表情や視線に、わたしが蜜子さんの身体を見たいいう気持ちが現れてたんかもしれません。

蜜子さんは、わたしにいろんなポーズをするように口で指示してはったんやけど、ふと大きなため息ついて腰に手をあてて、「あー、あかん！」と大声で言わはったから、やっぱりわたしなんかあかんのやろかって思って、「ごめんなさい」と口にしました。「違うの、そうやなくて……園江さんは何にもだめなことないんやけど……」そう言って、しばらく考え込むそぶりを見せはりました。わたしは身体を起こして膝をそろえて蜜子さんが何を言わはるか、待ってました。「ねぇ、園江さん」「はい」「本当にごめんなさいね……正直に言うわね」「何でも言うてください」「その……お洋服、本当に可愛らしいんだけど……ソファーに横たわってる園江さん見てたら、どうしても……生まれたままの、一番きれいな園江さんを見たなってもうて」蜜子さんの言葉に驚きはしませんでした。納得いったんです。蜜子さんが描かはるのは、裸の女やから、裸やないとあきません。

わたしが黙ってるのを見て、蜜子さんは「嫌やろね。園江さん、ごめんね、変なこと言うてしまって。忘れてちょうだい」そう口にしはりました。「変なことやないです。当たり前です」わたしは答えました。「わたし、蜜子さんの絵のモデルになるんやったら、服は邪魔やって思います」そう言うたら、蜜子さんの表情がぱあっと明るくなりました。「でも、恥ずかしい……勇気があらへん……夫にも、裸を見せたことないんです」そしたら、驚いた顔をして「え？　どうして？　夜の……あのときはどうしてるん？」と聞かはりました。「真っ暗にしてもらってます。そやないと、恥ずかしぃて……」わたしは自分がなんて大胆なことを口にしているのだろうと思って顔が熱うなってきます。寝室の話なんかもちろん人にしたことありません。蜜子さんは、驚いた表情から、次第に優しく柔らかく——まるで観音さんみたいな表情になりました。

「なら、私も裸になるから。園江さんひとりだけ裸にしたら可哀想《かわいそう》やもんね」と言わはったから、わたしは耳を疑いました。わたしが戸惑っている間に、蜜子さんは、ワンピースを何のためらいもなく脱がはって下着だけにならはった。飾り気のない黒いブラジャーとショーツで、それは蜜子さんの白い肌をより輝かせていました。時間は昼下がり、まだ二時にもなってませんでした。天気のいい日で、絵が日焼けせんようにってカーテンは閉めてあるんやけど、それでも十分に部屋の中は明るかったんです。

蜜子さんはそのままブラジャーを外して、弾《はじ》かれたようにぷるんと白くてまるいおっぱいが現れました。先もさくらんぼみたいな可愛い色して丸ぅて……、美味しそうやって思ってしもた。下も脱がはって……びっくりしたんは、そこが、つるつるやったんです。わたしは、じっと見ずにはいられんかった。「邪魔だから、処理しちゃったの。チクチクもしないし快適よ」蜜子さんはそう言わはるんやけど、毛がなかったら……見えてしまうやないですか。それでも隠さはらへんで、堂々とそこに立ってはって……胸が大きぃて腰がはってるせいか、くびれもあって白うて、さわらんでも分かるすべすべの身体で、思わず「綺麗やわ……」と口にしてしまいました。「ありがとう、園江さん。でも、もう三十六で……肉もついたし、おっぱいの張りも無くなってきたわ。あとはもう崩れるだけの身体や。だから若いあなたがうらやましい」そう言わはって、わたしは何のために蜜子さんが脱がはったんか思い出したんです。

もうこういう状況になったら、先生、なんぼ恥ずかしいうても、わたしも裸にならんといかへんやろ? 蜜子さん、わたしのために脱いでくれたんやもん。それに応《こた》えなあかんて、わたしはおそるおそる、ワンピースを脱ぎました。「綺麗! 園江さんの身体!」下着姿になったわたしを蜜子さんがほめてくれたんやけど、わたしの裸なんて蜜子さんと違って女らしい肉もついてないし、色は白いほうやけど艶はあらへんし、比べられるようなもんやないんです。それでも、勇気出して、ブラジャーを外しショーツを脱ぎました。

アトリエに昼間から、女がふたり裸で立ち尽くしていたんです。なんや今でもようあんな大胆なことしたわって思うんやけど……蜜子さんやからです。蜜子さん以外の人の前では裸になんてなれへん。それでも平気やあらへんかった。心臓が爆発するかと思うぐらいドキドキして……そやけど、恥ずかしいいう気持ちよりも、蜜子さんの裸を見られたっていう悦《よろこ》びのほうが先に来たから耐えられたんやと思います。

「園江さん、ほんまお人形さんみたい。信じられへんぐらい可愛い……抱きしめてもええか？」蜜子さんが、わたしに近づいてきはりました。わたしが頷《うなず》くと、蜜子さんの腕が伸びて、わたしの肩をつかんで引き寄せはった。蜜子さんのおっぱいがわたしの胸にあたります。柔らかいおっぱいで、自分はものすごい貴重な体験をしているみたいな気持ちになりました。蜜子さんはええ匂いがしました。花の匂いやけど、嗅《か》いだことのない、どっか南国のほうの花みたいな匂いや。肌はやっぱりつやつやで潤いがあって毎日磨かれてクリームを塗り込まれてはるんちゃうかって思いました。蜜子さんに抱き寄せられて、どうしたらええかわからへんかったんやけど「園江さん、園ちゃんも抱いて、強く」と言われて、わたしは腕を蜜子さんの背中にまわして、ぎゅうっと力を入れました。

　そうしたら、何やろ、身体の奥の芯《しん》が手でつかまれて引っ張られたような――「あっ」って声が出てしもうたんです。「どうしたの？　園ちゃん」「わからへんけど、なんや、奥が、熱ぅなって」「奥って、どこ？」そう問われて、上手《うま》く説明できひんで困りましたんやけど、わたしが答える前に、唇に柔らかいもんが押しつけられたんです。蜜子さんの、唇です。「閉じてたら、あかん。軽く開けな」蜜子さんにそう言われて、わたしは言われるがままに力を抜いて唇の間に隙間《すきま》をつくりました。そこに間髪入れず、蜜子さんの舌がするりとねじ込まれました。まるで蛇が身体をくねらせて岩の合間に入り込むように……信じられへんぐらい蜜子さんの舌は長くて器用で、わたしの舌をくるんでこすり、口の中の上や横の粘膜を撫《な》ではるんです。

　わたし、びっくりしてもうて、全身の力が入らへんようになってしまいました。もちろん、夫にはそんなんされたことありません。舌が入ってくるのも嫌やったし、唾《つば》とか汚いとしか思えへんかったんやもん。そやけど蜜子さんの舌はほんまに器用に動いて……もうそれだけで立ってるのがつらくなったんです。

「美味しい、園ちゃんのお口」蜜子さんは唇を離して、もう一度、ぎゅううってわたしの身体を抱きしめはった。おっぱいだけやのうて、つるんとしたお腹や、太もももわたしの身体にぴったりくっついて、包み込まれてるみたいで……ええ気持ちになりました。「園ちゃん、そこに横になって……仰向《あおむ》けに」そうお願いされて、わたしはソファーに横たわりました。大きぃて広いソファーはこのためにあったんです。

蜜子さんは、わたしの唇に今度はちゅっちゅって、軽いキスを繰り返したあと、太もものところに手を置かはった。「あまりにも可愛いから、もっともっと園ちゃんを食べたくなってもうたわ」そう言わはりながら、ぐっとわたしの両足を広げはって、急に晒《さら》されたところがひんやりして、わたしは「ひぃっ」なんて声を出してもうたんです。「まあ！　本当に可愛い、綺麗な色やね！　園ちゃんの……」蜜子さんの顔がわたしの足の付け根の前にあるのは、あたる息でわかります。そのとき、もう恥ずかしぃて目を開けられへんかった。ふぅって蜜子さんが、わたしのそこに息を吹きかけはったから、腰を浮かせて「あかん！」って叫んでしもたんです。

「ここ田舎やから、大声出しても大丈夫やで。どんどんいやらしい声、聞かせて」そんなん言われてもわたしは歯を食いしばってました。そやけど、我慢できひん。蜜子さん、舌でわたしのそこを下から上に、縦の筋をなぞるように動かしはって……舌の先っちょで、つんつんつんって一番感覚が強いところを押さはったり、唇で挟んで動かさはったり……ぴちゃぴちゃ、音が聞こえてきました。どういうふうにそこがなっとるか、見ずともわかります。ソファーを汚して申し訳あらへんという気にもなりましたけど、蜜子さんの唇が隙間なく押し当てられて、さっきわたしの口の中を這い回った長い舌が普段は閉じとる襞《ひだ》の中ににゅるりと侵入して出し入れされたら――もう我慢なんてできひんかって、わたしは大きな声を出してしもて、それがまた恥ずかしいて、でもやめられへんかって……「かんにん……蜜子さん、かんにんして……」言うて、涙が溢《あふ》れてきてもうたんです。「なんで泣くの、園ちゃん」「だって、わたし、大きな声出してもうて」「ええことやで。気持ちええから、声が出るんやろ。身体が悦んでるねん、それはええことちゃうの？」蜜子さんのいう通りやと思いました。

身体が悦んでるのは、ええことや――そんなふうに今まで考えたこともなかったし、夫としてても我慢できひんからってこない声出したこともなかったんです。「旦那さんは、これ、してくれへんの？」蜜子さんに問われて、わたしはかぶりを振りました。「なんでしぃひんの？　あんたの旦那」「わたしが嫌やって言うたんです、最初にされたことあったんやけど、こそばゆいだけで、それに唾がベタベタするのが気持ち悪《わる》かってん」「そうやったんや……ようないなぁ。なら私のも、嫌？」「……嫌やない」わかってるやないのと言いたくなりました。こんなに声を出して、お汁で汚して、嫌なわけないやないですか。

蜜子さんは「嬉しいわぁ」と、柔らかい唇で一番上にある小さな粒を口に含んで、ちゅうって吸わはった。わたしはもうほんまに、わけがわからん、なんも考えられへん、どうでもええわっていう気になって、悲鳴を上げると同時にふぅっとなんや頭ん中が真っ白になってもうた。「大丈夫、園ちゃん」って蜜子さんに言われて、深呼吸して、わたしはなんとか意識を取り戻したんですが、身体に力が入らへん。自分の身体が思い通りになりませんでした。そやけど、蜜子さんにばっかりさせたらあかんて思ったんです。「蜜子さん……わたしにも、させてぇな」何とか、そう言ったんです。

先生、もちろんわたし、そんなんしたことがありません。夫のんかて、口でするの嫌やった。ましてや女の人のなんてちゃんと見たこともなかったのに、そのときは舐《な》めてあげなあかんて思ったんです。蜜子さんに気持ちようしてもらったから、わたしも蜜子さんを気持ちよくしたかった。「嬉しいわ。なら園ちゃん、私が上になるから、舐めてや」蜜子さんはそのままわたしに逆向きに覆《おお》いかぶさるような形にならはって……わたしの目の前に蜜子さんの大事なところが現れました。毛があらへんから、そこだけ子どもみたいやった。

わたし、実は自分のもよう見たことないぐらいで……だって、綺麗なもんやあらへんやん? なんでこんなもんが自分についてるんやろうって思ったこともあります。

そやけど蜜子さんのは、つるんつるんのせいかもしれんけど、左右の襞がほんまに綺麗にバランスようて、その中は薔薇色《ばらいろ》でミルクみたいな白い汁が溜《た》まってるのが見えて……愛らしぃんです。全然、嫌なことあらへん。酸《す》っぱい匂いがしたけど、それもええ匂いやった。

そやからわたし、何の抵抗もなく、舌をのばしてふれました。「ああ……嬉しい……園ちゃんがなめてくれるなんて」蜜子さんが悦んでくれたんで、わたしはもっと頑張らなと思って、一生懸命、舌を動かしてみました。もちろん、慣れてへんし、蜜子さんみたいに上手にはできひんけど、さっき自分がされたみたいに舐めてみたんです。「蜜子さん、気持ちいい?」と聞くと、「ええよ、園ちゃんの可愛い口に、私のいやらしいところふれられてるなんてほんま気持ちええわ」と言われました。

蜜子さんが、わたしのそこに顔を埋めはったら、もうそれどころやなくなりました。さっきよりも強く舌をからませてひっぱったりくるんだりしはるから、わたし、何もできひんようになって、ただただ声をあげて腰を浮かせてました。「蜜子さん! 蜜子さん! あかん!」ってひたすら叫んどった。「園ちゃん、お願い、強く吸って」そう言われて、わたしは必死で顔を起こして蜜子さんの可愛い小さなおまめさんを唇に含みました。「もっと強く! もっと!」蜜子さんの声が大きいなってきたんで、わたしは痛ないんやろかって心配しながら、ちゅうちゅうと吸い込みました。「もっと強く吸って！　お願いやから！」まだそう頼まはるから、わたしは力いっぱい唇をすぼめて吸うたんです。

そしたら、上になっている蜜子さんの身体がぶるぶる震えてきて、お汁もたくさん溢れてわたしの顔にかかって、「ぁあっっ‼」って絶叫しはった瞬間、がくんと身体の力が抜けたんか倒れ込みはったんです。はぁはぁって激しい息しはるのが聞こえて、目の前に来たお尻《しり》の穴もぴくぴく震えとって、わたし、嬉しかった。蜜子さんを気持ちようさせてあげられたんやって。

「園ちゃん、あなたすごいわ。私、いっちゃった……」蜜子さんが顔を起こして、こっちを見はりました。髪の毛が張り付いた頰が朱に染まって、泣いてはるみたいに目が潤《うる》んで、唇はさっきよりもつやつやと赤《あ》こうなってはって……ほんまに綺麗やった。

蜜子さんが身体を戻して、わたしと向き合うようにしはって、ふたりともまるで磁石みたいに唇を寄せ合いました。何度も、何度も、口を吸いました。今度はわたしからも蜜子さんの唇に舌をいれてました。無意識やったんです。自然に、そうなってしもた。蜜子さんの身体とわたしの身体がどこもかしこもふれあって隙間がなくなってひとつになった気がして、えらい幸せやって思うたんです。

蜜子さんの身体は汗でつやつや光ってて、わたしは舌を出して、首や肩をぺろぺろ舐めてもうた。自分がそんなんするのにもびっくりしたんです。旦那が汗かくのとか嫌やったし、何をされても全然ようないし、痛いし……わたしは性的にはほんまつまらん人間やなぁってずっと思ってたから、まさかこんな幸せな気持ちになれるなんて知らんかった。

「蜜子さん……おおきにな」そやから、御礼なんて口にしてもうたんです。蜜子さんは「こっちこそ、ありがとうやわ。可愛い園ちゃんが私のもんになってくれるなんて。なぁ、園ちゃん、今度から私のこと、蜜子さんやなくて、姉ちゃんて呼んでくれへん？　そのほうが近しい感じがすんねん」て言わはって、わたしもなんやもう他人やないんやって思うと、「姉ちゃん」言うて、自分から蜜子さんの唇に吸いついてしまいました。

先生は、ある日、自分を取り巻く世界が百八十度変わってしもたことあります？　あの頃のわたしが、それでした。わたしは、親に、夫に守られて平和で恵まれた何不自由ない生活して、でもそういうもんやと、一生同じ景色を見て暮らしていくもんやと信じてたんです。そやけど蜜子さんと昼間に裸になって肌を重ねたあの日から、見えるもんが全《すべ》て変わってしもた。この世にこんな楽しいて気持ちええことがあるんやって知ったら、何もかもが違うんです。何ていうたらええんやろ、全てに感動があるんです。蜜子さんと同じ空気吸うて、同じもん食べて、手がふれあって……それだけのことやのに全身が震えるほど幸せやった。

あれからもう、歯止めが効きませんでした。最初の絵のモデルの話なんてどっかいってもうて、わたしは蜜子さんの仕事の合間にあの大原の家に行ってええことしてました。蜜子さんの作ってくれる料理を食べて、お風呂《ふろ》はふたりで入ってお互い隅から隅まで洗い合います。時間のゆるす限り、わたしは蜜子さんを、蜜子さんはわたしを可愛がって気持ちよくして、回数を重ねるほどお互いの身体のことがわかってきますから、楽しいてたまらんかった。

そうしているうちに、わたしも嘘《うそ》が上手い人間やないし、さすがに夫もおかしいって思ったらしいんです。「園江、お前、最近昼間におらへんこと多いなあ」って言われたのが、はじめてです。わたしらの住むマンションは夫の勤める大学の近くやったから、授業の合間に夫が帰ってくることもありました。その時にわたしがおらへんことが増えて、夜も、ついつい蜜子さんと離れがたくて遅くなってしまうときもあったんです。それで夫は不審に思ったみたいです。

何よりも……先生、わたし、あれから夫との夜の生活がほんまに嫌になってしもた。ええ唇を合わせるのですら嫌やし、それ以上のことなんてとてもする気にならへん。ええ匂いのする柔らかい身体と、わたしを心底愛して可愛がってくれてるのがわかる蜜子さんとのふれあいを知ってもうたら、男の人の身体はほんま醜いし、思い返しても、夫はわたしを悦ばせるんじゃなくて、自分が気持ちがよくなりたいためにわたしを利用してるような気分になりました。

蜜子さんと親しぃなって大原の家に遊びに行くいうのは話してましたが、夫は単純に、男ができたんちゃうかって疑い始めていたようです。わたしは車の免許があらへんから、蜜子さんの家に行くときはハイヤーを頼んでたんです。いつも同じ会社で、なるべく同じ運転手さんを頼んどったんですが、夫はその運転手さんから、わたしの外出先はいつも大原やっていうのを聞きだして、蜜子さんの家を突き止めたそうです。最初はどうも、蜜子さんの家でわたしが誰か男と会ってると思ってたらしいんやけど……。わたしのメールを見たんです、わたしがお風呂に入ってるときに。蜜子さんはあまりまめな人やないから、用事ないときは連絡もしません。そやけど、わたしが「姉ちゃんのせいで、わたし筋肉痛になってしもた。昨日は激しいて、姉ちゃん疲れてへんか心配やわ」って書いたメールを見られて、相手は男やないって気づかれました。

風呂から出たわたしは、仁王立ちになって待ち受けていた夫に携帯電話を突きつけられ、「園江、なんやこれはどういうことや」と震える声で言われました。わたしはほんまはしらばっくれて取り繕うべきやったんかもしれんけど、勝手に人の携帯電話を見た夫に対して怒りが湧《わ》き上がってきて、冷静になれへんかった。それに心のどこかで、浮気やないっていう意識がありました。相手は男やない、女やから、浮気やないって。自分は悪いことなんかしてへん、って。

先生、男と女と違って女同士は、境目がわからへんことないですか？ わたし、女子校やったけど、じゃれてお互いの身体をさわりあったり、キスしたり、手をつないで歩いている子とか普通にいましてん。女同士って、そういうところありますやろ？ そやからわたしと蜜子さんがしてることもその延長のような気がするんです。男と女みたいに入れたり出したりなんてことがあらへんから。夫に「どういうことや」って言われても、申し訳ないとか思わへんかった。それに――気持ちええこと、楽しいことしてて何が悪いん？ って正直、思ってたんです。「お前、この蜜子という女とどういう関係や」って責められても、「仲良うしてるだけや」としか答えへんかった。

「仲良うって、どういう意味やねん。この蜜子って女、どういう女か知ってるんか？ちょっとインターネットで調べてみただけでも悪い噂が多くて、俺は前から、世間知らずで箱入り娘だったお前が近づくのはようないと思ってたんや」「悪い噂って、何やの」「あまりにも男との問題が多すぎる。そやから東京にいられへんようになったようなたちの悪い女や。訴えられたりもしとる」そう言われました。

蜜子さんが男といろいろあるのはもちろん知ってました。けど、それで東京におられへんようになったというのは初耳やった。でも、蜜子さんに実際に会ってみたら魅力的な人で、艶聞《えんぶん》がついてまわるのも当然やいうのがわかります。そやから言うたったんです、夫に。「あんたも蜜子さんに会ったらわかるで、あんな素敵な人、そら男がほっとかへんし、夢中になるわ」って。夫はわたしが言い返したんで、驚いた顔してました。それまで喧嘩《けんか》なんかもしたことなかったから。夫に限らずわたしは人に逆らったことなんてありませんでした。

わたしは蜜子さんと出会うまで、ただ流されて守られて生きてきましたし、そこからはみ出そうとしたこともなかったんです。夫は「わかったわ」と言って、家を出て行きました。わたしは頭を冷やそうと、ちょっと外出しただけやって思ってて、まさかほんまにそのまま蜜子さんの家に行ったとは思いもよりませんでした。

蜜子さんと夫との間にどういうやり取りがあったのか、詳しいことはわかりません。わたしは夫しか男を知らんけど、夫だって研究一筋で女の人はほとんど経験がないことぐらいはわかってました。そやから……蜜子さんに、ころりとやられてもうたんです。

あの夜、夫が帰って来うへんのでわたしは早《はよ》うに布団《ふとん》に入りました。それでもいつもの通り、朝ご飯は作らなあかん思って七時に起きて台所に行ったら、夫が今まで見たことのないような呆然《ぼうぜん》とした顔で椅子《いす》に座ってました。「園江、朝飯はいいよ」と言われたんで、「体調悪いん?」と聞くと「寝てないから……少し仮眠とる」と答えて、立ち上がってふらふらと寝室に向かいました。そのときに、夫から覚えのある匂いがしたんです。蜜子さんの、匂いです。香水とは違います、興奮した蜜子さんの身体から漂う匂いです。夫に昨夜、何が起こったんか、わたしは瞬時に悟りました。

蜜子さんやったら、夫みたいな女に慣れてへん男を虜《とりこ》にするなんてお手のもんのはずや——わたしは携帯電話を手にして浴室に行きました。ここなら夫に喋《しゃべ》り声は聞こえへんはずです。五回コールして、「はい」と眠そうな蜜子さんの声が聞こえました。「姉ちゃん、朝早うからごめんな。昨日、うちの旦那がそっちに行って迷惑かけへんかった?」と、言いました。「ぁあ……」蜜子さんは、やはり眠そうです。朝まで、起きていたのでしょうか。「びっくりしたわ、いきなり深刻な顔で家に来られて、最初こわかったわ」「ごめんな、姉ちゃん」「でも、話したら、わかってくれたで」「え?」「園ちゃん、これから三人で仲良くしよな。ごめん、やっぱりまだ私眠いから、寝させて」そう言われて、電話は切れました。三人で仲良くしよな——この言葉をどう解釈していいのか、このときのわたしにはわかりませんでした。

夫がどんどん蜜子さんに夢中になっていくのは同じ家に住んでいてようわかりました。夫はわたしが他の習い事に行ってるときや、実家に帰っているときに隙を見て蜜子さんと会ってたんです。奇妙な関係やったと思います。それぞれが同じ女と会ってるのに、わたしと夫は家では何食わぬ顔をしてそれまでと同じ夫婦関係を続けていたんやから。ただ夫がわたしを求めることはなくなりました。わたしはそれにホッとしながらも、わたしが夫との夜の生活をおもしろないと思ってたのと同じように、夫もそうやったんやと気づくと複雑な心境になりました。

そやけど、夫も、わたしのように蜜子さんに悦びを教えてもらって目覚めたんやって考えると嫉妬《しっと》心《しん》も湧き上がってきたんです。先生、だって、わたしは女やから、女のやり方でしか蜜子さんを悦ばすことができません。蜜子さんは、わたしが一生懸命やったら、「気持ちいい」とは言うてくれるんですけど、それでも未熟やから物足りんのもわかってます。道具とか使ったほうがええかなと考えたことはあるんやけど、蜜子さんは「あんな冷たくて恐《こわ》いの嫌いやわ」と言わはったから、わたしはわたしの全身を使って蜜子さんの身体を一生懸命可愛がってました。そやけど男には当たり前にできることが、わたしにはできひん。夫かて性的には未熟やとは思うんやけど、それでも男や。蜜子さんが、女しか愛せへん人やったらええけど、男が好きで好きでたまらん人やというのは承知してます。

蜜子さん、若い頃から、そうやったんやて。「処女の頃から、セックスに興味があって、早うしとうてしようがなかった」って言うてはった。蜜子さんは、厳しい家やったから、初めて男の人とそういうことしはったのは、美大に入学してからなんやて。それからはもう、蜜子さんいわく「盛りがついた雌」やったらしいです。「私は病気かもしれん。このな、お腹の下の、奥が、きゅううってなるねん。火が灯《とも》されたみたいに熱くなって、たまらんようになるねん。頭の中は、したいって気持ちでいっぱいで、他のことはほんまどうでもよくなるねん。こんなふうになったことのない人は、わからんやろな、どんだけ苦しいか。私がこんなんやから、訴えられもしたし、親にも勘当されたし、いろんな人に嫌われ、東京にもおられんようになって、ひどいこともたくさん言われて傷ついたし泣きもしたけど……死ぬまで多分、治らへんねん」蜜子さんがそう言わはったとき、わたしは思うままにならん身体を持った蜜子さんが愛《いと》おしいてぎゅって抱きしめてしもた。そういう人やから……夫と深い関係にならはっても怒るわけにもいかへん。ふたりがどういうふうにしてるんか想像すると夫のことも蜜子さんのことも憎たらしいって思うんやけど、わたしにはどうしようもあらへん。

夫は楽しそうでした。生き生きしてたんです。先生、わたしもそうなんやけど、人間って性の悦びを知ると顔も肌も変わるし、それまでと見えるもんが違ってくるんやなぁ。夫は真面目で研究一筋の人間やったけど、蜜子さんと会うようになってから生き返ったみたいやった。わたしら夫婦は、それまで死んでたようなもんで、蜜子さんに命を吹き込まれたんです。

そうやって変な夫婦なりにバランスをとって暮らしてるつもりやったんやけど、夫が帰るなり顔を真っ青にして「大変だ」と口にしたのは、夫が蜜子さんと会いだして半年ほど経《た》った頃でした。「園江、えらいことになった。どないしよ、俺、どうしたらええんやろ」夫は動揺してて最初は何を言うてるんかわからへんかったんやけど、徐々に聞きだすと、なんやどうも大学の関係者で夫をよう思ってへん人たちがおって、その人たちに蜜子さんとのことがバレたんやて。「なんでそんなんが知られるんよ」と聞いたら「飲み会で、『お前は奥さんしか女を知らんやろ』とか言うて俺を馬鹿《ばか》にしたやつがいて、違うって言うてもうたんや。俺も酔っぱらってて、つい自慢してもうた。有名なイラストレーターや言うたら、調べたヤツがおった。大原に住んでるやつもおって、お前が度々、通ってるんも知られていたし——女同士のいやらしい声も聞かれとるぞ」って。あほやなあって呆《あき》れました。けど、それがそない大事《おおごと》なんやろか。世の中、浮気とか不倫の話はよう聞きますけど、そやかてわたしら芸能人やないし、誰かに迷惑をかけてるわけでもなく、第一、三人とも同意の上なんやから。「園江、お前は甘いよ。蜜子さんは、仕事でそこそこ名前の知られている人や。お前のお父さんかて日本画の世界では有名で芸術関係のいろんな会の会長やら役職務めてはる人やろ。俺かて、たかが准教授やけど、その世界では将来有望と言われとるんや。しかも、ただの不倫やない。妻と夫が同じ女と関係しとるなんて、世間から見たら変態やって非難される行動なんは間違いない」夫に言わせると、蜜子さんは女性との関係は私が初めてではなく、過去に有名な女優と恋人同士だった事もあるそうです。「みんなわたしよりも蜜子さんのこと詳しいんやな」「お前はやっぱり世間知らずやな。今はインターネットでいろんな情報が溢れてる。蜜子さんみたいに仕事で成功している人は、敵も多いから、足を引っ張ろうとしている連中がいる。蜜子さんだけやない。俺や、お前も、世間からしたら恵まれたええ暮らししてる人間や。そういう人間が存在しとるだけで許せへんいう輩《やから》がたくさんおるんや」夫にそう言われても、暇な連中がおるんやなとしか思いませんでした。

　誰に何を言われてもええんちゃうの――わたしはその時点でも能天気に構えてたんですが、夫によると、もう既にインターネットに書き込まれて、週刊誌の記者が大学や家の周りをうろついていたとのことです。「どうしよう……教授への道が断たれてしまう。俺は今まで何のために一生懸命やってきたんや……」夫は頭を抱えて泣きだしそうな声を出していました。

　世間に広まって、この人は何が一番こわいんかいうたら、教授になれへんことなんや、と気づきました。夫は若い頃からひたすら勉強だけをしてきた人です。この人の人生は、それしかないといっていいかもしれません。わたしのことを世間知らずやって言いますけど、夫かて今までまっすぐな道を歩んでこういうトラブルも経験したことあらへんのでしょう。「どないしたらええんや……」夫は顔を手で覆いました。

　わたしが何よりも意外やったのは、週刊誌に書かれるかもしれん、既にインターネットでわたしらの三角関係が話題になりかけてるって伝えたときの、蜜子さんの動揺した様子でした。蜜子さんは、今まで訴えられたり揉《も》めたり、男女関係のトラブルなんか散々経験してはって、誹謗《ひぼう》中傷も受けてきた人です。それなのに、わたしが電話で夫が言っていたことを伝えると、泣き出さはりました。「何で、何で私ばっかりこんな目に遭うんやろ――」って……。「私は正直に生きてるだけやのに、いつも世間から嫌われて攻撃されるねん」こんなふうに泣きながら弱気なことを言う蜜子さんは初めてでした。わたしの知ってる蜜子さんは、いつも綺麗《きれい》で堂々として才能があって華やかな人やったはずやのに。

そやけどこのときに、蜜子さんは必死でそう見えるように装《よそお》ってはったんやなぁと気づいたんです。なぁ、先生。人間が欲望に従うことは、社会を敵に回すことやって、わたし、先生の小説を読んでもたまに思いますんや。蜜子さんは、人より欲望が強うて、それに従順になるしかのうて、そやけど生きていくために必死で凜《りん》としてはったんやなぁって……。

わたしは泣いてる蜜子さんが可哀想で、そやけど戸惑ってしもた。わたし、どうしたらええんやろ、何ができるんやろっておろおろしてたら、「園ちゃん、お願い、来て――私、死にたくなっちゃった」と言わはるさかい、慌てて「あかん！　死ぬなんてあかんで、姉ちゃん！　待っててや！　今から行くから！」と言うて電話を切りました。居間で頭抱えてる夫に「大変や、蜜子姉ちゃんが死にたいて！」と伝えたら、「何やて！」夫も驚いたのか身体を起こします。ほんで夫の車でわたしらは急いで大原の蜜子さんの家に向かいました。姉ちゃん、死なんといてや、死なんといてや――ってわたしはずっと心の中で唱えてました。

それにしても、先生、人間て弱い生きもんやなぁ……わたしらは気持ちええことしただけで、それはほんま個人の楽しみで、人に迷惑かけてるわけやないねんけど、それすら赦《ゆる》さん人がおるんやなぁ。夫が妻の恋人と関係を持とうが、今まで築き上げてきた業績とは関係あらへんやんって思うんやけど、夫に言わせると「社会や組織ってそういうもんやないんや。出る杭《くい》は打たれる、目立つもんは叩《たた》かれる。他人の幸せがおもしろない人間ばっかりや。俺は担当教授に気にいられてたし、それだけでやっかむやつがおるのは知っとった。金持ちのええとこの若いお嬢さんと結婚して、ええ暮らししとるとか僻《ひが》むやつもおるんや」ということらしいです。わたしとの結婚ですら、おもしろくないと思う人間がおるんやというのにも驚きました。

先生、ほんまこの世には、可哀想な人間がおるんやなぁ。人をやっかむよりも、自分が楽しいことしたらええのに……ええ、先生のおっしゃる通りや。わたしは人よりも恵まれた人間やから、そう言えるんやろうね。そやけどな、先生。そうやって人が羨《うらや》む、美貌《びぼう》とか財産とか家柄とか——わたしは生まれながらにしてそれらを持っとったけど、蜜子さんと出会ってから、たいした価値はあらへんことに気づいたんです。蜜子さんと抱き合って、悦びを教えてもらって、わたしからも悦びを蜜子さんに与えて……この世にこんな楽しいことがあったんかと思うと、それまでわたしが持っとったもんがわたしを幸せにしてくれるわけやなかったと知ったんです。

大原の蜜子さんの家に着いてインターフォンを鳴らしましたが、応答はありません。電気はついてましたし、ドアノブを引くと、鍵《かぎ》がかかってへんかったから、わたしと夫は家に入りました。最初のときわたしと蜜子さんが裸になった部屋のソファーに蜜子さんが座ってはりました。辺りには酒瓶が転がってて、蜜子さんも酒臭かってわたしは息を止めました。手首からは血がたらりと流れて白いスカートを汚してました。「姉ちゃん！」「蜜子さん！」わたしと夫は急いで蜜子さんに近寄り抱き起こしましたが、たいした傷やないのは一目見ただけでもわかったし、蜜子さんは薄目を開けて胸を上下してはりました。

「来てくれたんや——」蜜子さんがそう言ったのは、わたしに向けてなんか夫に向けてなんかわかりません。「前からな、時々、辛《つら》くてたまらん、死にたい思うことはあってん。私なんかこの世で生きてたらあかんわ、嫌われて非難されるだけやわって考えて……親にも罵《ののし》られて縁切られたし、世話になった人たちや、昔の恋人にも散々『恥ずかしくないんか』『淫乱女《いんらんおんな》』『お前は人間やない、本能しかない動物や』言われてん。男の人との揉め事が公《おおやけ》になる度に、最初の夫は『お前と関わりをもったのは一生の不覚や。早くこの世から消えて欲しい』いうて電話かけてくるんよ。普段は、そういうの気にしいひんようにしてるんやけど、ふと気を抜くと、そんなんが一気に押し寄せてたまらんようになることがある。私、なんでこんな人間に生まれたんやろって――」蜜子さんはそう口にして、さめざめと泣きました。

わたしは蜜子さんが可哀想で、手首にガーゼと包帯を巻いてあげたあと背中をさすってたんやけど、痛々しいて……。夫とわたしは蜜子さんをはさんで座り、夫は蜜子さんの手を握ってました。その表情を見て、夫はほんま蜜子さんのこと好きになったんやって気づいたんです。最初は身体の交わりで結びついたんやろうけど……わたしに見せたことのない優しい顔で蜜子さんの手をぎゅっと握っとりました。

「死にたい、私、もうこの世で生きてるの辛いねん、耐えられへん」蜜子さんがそう口にすると、夫が「一緒に死のう」と言い出したんで、わたしは驚いて夫の顔を見ました。そやけど夫の目は蜜子さんしか見てません。わたしはそこにおらへんかのように蜜子さんだけに話しかけてます。「俺も、このことが公になったら何もかもおしまいだ。そうなったら生きていく自信がない。それに蜜子さんを失ったら、俺は生きていかれへん。そやから一緒に死のう。誰にも邪魔されへん世界に行こう。あの世で幸せに暮らそう」、そう言うんです。わたしは夫まで死ぬなんて言い出したから戸惑ってたんやけど、蜜子さんは「嬉《うれ》しい、私、もうひとりやないんや」って夫の手を握り返して、またポロポロと泣かはりました。

「薬は鞄《かばん》にある。実は、今日、週刊誌の記者がうろついてるの知ってから、もう逃げられへんと思って。以前、大学の医学部の知り合いから入手したんや」夫の言葉に何をこの人言うてんのやろと呆れるやら驚くやらでした。夫がまさか死ぬなんて言い出す人やとは、しかも薬を用意してるやなんて。そんなもんを前からこの人は持ってたんやなんて思いもよりませんでした。なんや臭い芝居を見せられてるみたいにしか思えなくて、頭がすぅーっと冷めていくのがわかりました。

「恒太郎さん、園ちゃん、寝室に行きましょう」蜜子さんは、夫とわたしの手を引っ張って立ち上がりました。いつのまに、わたしまで死ぬ話になったんやろか。わたしはひとことも死にたいなんて言うてへんのに。何でわたしまでこのふたりの臭い芝居に巻き込まれなあかんのやろか。

そやけど、そのときはもう逆らえる雰囲気やあらへんし、ふたりを説得する言葉も浮かばへんから、そのまま寝室に行って、蜜子さんをはさんで三人で身体をくっつけてベッドで横になりました。夫から薬を手渡されて——でも、まさかほんまに死ぬような薬やとは思てへんかった。わたしの目には夫も蜜子さんも不幸に酔ってるみたいにしか見えへん。しかもその不幸なんて、世間の評判を気にしたり、周りの人間に非難されるのを怖がったりとか……たいした不幸やないですやろ。そやからわたしは夫に薬を手渡されても、こんなことで人が死ぬわけがないと思ってました。この家に来たときに見た蜜子さんの手首の傷かて、あんなん本気で死ぬ気なんかあらへんて、一目でわかりましたから、夫と蜜子さんが死ぬ死ぬいうてるのも狂言自殺の延長としか思えんかった。

一応、薬は飲みました。三粒手渡されたけど、わたしは一粒だけ飲んで二つはこっそり吐きだしました。そうしたらえらい眠気が来て……あとでわかったんですけど、きつめの睡眠薬やったんです。ほんまはこれだけやったら死ぬことなんかめったにあらへんらしいんやけど、蜜子さんはわたしらが来るまでにたくさんお酒飲んではったみたいで、朝起きたら、すさまじい顔して死んではった。なんや自分の吐瀉物《としゃぶつ》が喉《のど》に詰まった窒息死やいうことですわ、苦しんで亡《な》くなりはったんや。夫は蜜子さんとは逆に静かな顔で息絶えてました。自分だけはほんまに死ぬ薬を口にしてたんです。そやから夫はわたしと蜜子さんは生き残らせるつもりやったんかなぁ。それは蜜子さんに対する愛情なんか、わたしに対しての夫としての責任なんか、今となってはわからしません。結局、夫は自殺、蜜子さんは事故死やいうことになりまして、わたしはこうしてひとりおめおめと生き残りました。

そのあとは先生もご存じの通り、大変でしたわ。そやけど何を言われようが人の噂《うわさ》なんてすぐに忘れ去られます。世間には、次々と事件が起こりますから、退屈しのぎに人の不幸を待ってる人ほど忘れっぽいもんです。わたしは、夫とその愛人との心中に巻き込まれそうになった生き残りの悲劇の未亡人となり喪に服して悲しみの日々を送ってる——と世間には思われています。

蜜子さんを失ってしもたんは悲しいんやけど、あんな心の弱い人、これから年取って容色が衰えたらもっともっとつらい目にあわはるのは目に見えてるし、あのときに綺麗なままで亡くなってよかったんですわ。「悲劇的な死を遂げた魔性の美女」やいうて、蜜子さんの作品展も開かれとるみたいで、絵の評価も上がって作品集も出るんやて。夫かて愛する蜜子さんと今頃あの世で再会できて、喜んどるやろ。この世で身体も合わへん愛してもいいひん妻と夫婦生活続けるよりは、絶対に幸せや。

先生な、わたしはやっぱり死なんでよかったと思っとるで。生き残って、ひとりになって蜜子さんに教えてもらった楽しいこと——もうわたしはそれなしでは生きていけへんのです。蜜子さんが言うてはったように、身体の奥がきゅううって熱くなるあの感覚を覚えたら、もう昔には戻れへん。夫は蜜子さんに「あの世で幸せになろう」なんて言うてたけど、わたしはあのときに、生きてもっとええ想《おも》いをしたい、蜜子さん以外の人とでもええから、もっともっと溺《おぼ》れたい——死にとうないって強く思いましたんや。

先生、わたし、これからはかつての蜜子さんのように、好きなように生きます。それが社会では悪いことやと言われて非難されても、わたしは蜜子さんのように傷ついたり死にたいなんて思わへん。そんな弱い人間やないんです。

なぁ、先生も、女同士でしたことない言うてはるけれど、そんなもったいないことあらへんで。男なんかよりも、女同士のほうが絶対にええんやから。先生の愛読者としてな、余計なお世話かもしれへんけど言わせてな。先生がいつも書いてはるように、女の身体は柔らこうて、ええ匂《にお》いで、甘《あも》うて、この世にこれ以上にええもんないんやで。先生もほんまに女の人としたら、ほんものの小説書けるんちゃうの。

頭で考えて書くだけやったら、読者も物足りひんで。してみなわからへん気持ちのええことが、この世にたくさんあるんやから、小説家やったら体験せなあかんのと違いますか。

何やったら、わたしが教えてあげてもええんやで、先生。

それからのこと

男に愛されている、求められているのだと気づく瞬間があります。目の前の男が、激しく自分を欲しているのだと。

言葉であったり、仕草であったり、表現方法はさまざまですが、滾《たぎ》る欲情を必死で抑える男のいじらしさを女は悦《よろこ》びます。

そんな過去の光景を、心の底にある小箱から人知れず引っ張り出して、かつて味わった甘い記憶を嗅《か》いだ経験は、女ならばあるはずです。おそるおそる、壊れるのを厭《いと》いながら、尊い価値あるものとして男が自分を眺めるのです。憧《あこが》れと獣の猛《たけ》りが交わった眼差《まなざ》しから欲情がこぼれてしまう――その甘美な光景を思い出すと、身体《からだ》が熱くなります。

男が獣になるのを必死に我慢しています。社会とか世間とか人間関係のしがらみとか制度とか、そのようなものを全《すべ》て振り切ってしまいたいと思うほどの激しい渇望《かつぼう》が、自分に向けられているのです。私という女を、狂おしいほど欲しがっている——。自分のものにしたいから奪うしかない——男の芯《しん》から湧《わ》き上がっている衝動に気づいた瞬間の悦びを思い出すだけで息が漏れ身体が疼《うず》きます。

過去の男に未練があるとか、まだ好きだとか、あの頃に戻りたいとか、そういうことではありません。ただ、甘い気分に浸るだけの、女の楽しみに過ぎないのです。

私は愛されていた、欲されていた、激しく求められていたのだと。

けれど、その記憶の箱の蓋《ふた》を開ける時間が増えたのなら、それは危険なことなのかもしれません。

今、本当に自分が満たされて幸せならば、そんなことをする必要はないのですから。

目の前の男が私を欲してたまらないのだと気づいたのは、私が百合《ゆり》の花の匂《にお》いを嗅いだ瞬間でした。

短かった結婚生活を送っていた頃、夫の不在を知りながら遊びにきた男が、テーブルに生けた白い百合の花に顔を近づけた私に、

「いけない。そんなふうに匂いを嗅いでは、駄目だ」

と言いながら、目を背けたのです。

私は一瞬、男の言葉と仕草の意味がわかりませんでした。

けれど、男の首筋が赤くなり、わかりやすく私から視線をそらし、足を細かく動かして貧乏ゆすりをはじめ、明らかに動揺している様子に気づいたときに、男が私に欲情しているのだと確信を持ちました。

百合は香りの強い花です。そして、可憐《かれん》な花びらを持つのに、雌しべと雄しべがはっきりと分かれ存在感を主張しています。

　そのとき私は、顔を近づけて匂いを吸い込み、うっとりと花の香りに酔っていました。私の眼は潤《うる》み、半開きにした唇は濡《ぬ》れて、媚《こ》びを含んだ表情だったかもしれません。白い柔らかな素材のワンピースは、陽の光に当たると透けて、私の華奢《きゃしゃ》な手足に靄《もや》が纏《まと》いついたように見せてくれます。襟ぐりが大きく開いているので、私自身がときおり鏡を眺めながら見惚《みと》れる鎖骨と、真っ白な肌が輝きを放ちます。濡れた唇の狭《はざ》間《ま》から、私は少しばかり赤い舌を見せていました。確かに煽情《せんじょう》的だったかもしれませんが、まさかそこまで男が反応するとは思ってもいませんでした。

　目の前の男——大輔《だいすけ》は、小説や詩を読むのが好きな男です。社会と対峙《たいじ》するのが本当は怖いくせに、理屈で身を守っている男でした。それでも彼が豊かな生活を送り質の良いものを身に着けていたのは、裕福な家に生まれたからです。親に大切にされた育ちの良さも備わっていました。

アーティストと名乗って、昼間はインターネットで遊ぶのに時間を費やし、夜ごと同じような、何をしているのかわからない仲間たちと飲んで語り合うのが好きな、自由に生きている男でした。将来は作家になると宣言しながらも、何か書いているのを見たことがありません。そんな幼さや、いいかげんなところも可愛《かわい》げがあるととられ、人を惹《ひ》きつけていたのは、育ちの良さからくる親しみやすさのためだったのでしょう。

夫の平丘とは正反対です。地方の海辺の町に生まれ、兄弟が多かったために自分で稼ぎながら苦学して大学を卒業し会社に就職した夫とは。

兄の紹介で初めて出会ったときから、実直で地に足のついた平丘のたくましさに頼りがいを感じていました。けれど、二人の同級生で同時期に出会った大輔の明るさや自由さも、一緒にいると気取らずにすみ、好ましかったのです。私は平丘にも大輔にも惹かれ、またふたりとも自分に好意を持っているのにも気づいていて、一様に応《こた》えるように接していました。そんな私の態度を、「どちらにも気のあるそぶりを見せて、ずるいわね」という人もいましたが、男に好かれると、自分は特別な人間だと思うことができるのです。たとえそれが複数の男からでも、拒む必要などないではありませんか。私は男に大切な存在だと思われることによって、自分を愛せるのです。よく女性誌などで「モテるために」などの特集を見かけますが、私を悪く言う女たちだって、本当はモテたい、つまりは複数の男性に好意を持たれ求められたいのではありませんか。だからこそああいう「モテるために」などという記事が溢《あふ》れているのでしょう。私がやっていたことは何もズルいことなどではなく、女として当たり前の行動なのです。

けれど口だけ達者で実は臆病《おくびょう》な大輔は、ひとりの女を抱える勇気も覚悟もなく、「女の幸せを願う自分」に酔い、仲人《なこうど》気取りで私を平丘に押しつけました。流れに身を任せるように私と平丘は恋人同士になりました。

そうして私は平丘と結婚しましたが、大輔は度々、平丘が不在の折に訪ねてくるようになり、私はその真意を測りかねていたところだったのです。

友人として私のことを気にかけているだけなのか、それともただの暇つぶしなのか、私への想《おも》いが、まだ残っているから会いにくるのか――。

けれど、今、はっきりとわかりました。

目の前にいる大輔は私に欲情して、必死にそれをこらえています。

たとえ私が仕草や表情などで、そうさせたのだとしても、です。

この男は誰よりも猛烈に私を欲しがっている――そんな男の姿ほど女にとって愛《いと》お

しいものがあるでしょうか。

だから私はその数日後に、大輔から求められたとき躊躇《ためら》わずに抱かれて、平丘と別れたのです。


私の兄と平丘は同じ大学に通い、アパートの部屋が隣同士なので行き来することが増え仲良くなりました。そこに出入りしていたのが、長井大輔です。大輔の実家はかつての財閥の親戚《しんせき》にもあたる財産家でした。

兄や平丘と同じ大学ではありましたが、大輔は「卒業することの価値がわからない」と二年で中退して、あとはふらふらと優雅に暮らしていました。大輔は次男で、長男が父の跡を継ぐことが決まっており、そのうちに大輔も父の会社関連で名ばかりの社長の座につくのだろう、気楽な身分だと、兄と平丘が羨望《せんぼう》と侮蔑《ぶべつ》を混じらせながら話をしていたのを聞いたことがあります。

私と兄の実家は北海道の遥《はる》か果てです。もともと仲の良い兄妹《きょうだい》でしたから、私は高校を卒業し上京すると、兄のアパートの近所に住み頻繁に出入りしていたので、平丘や大輔とも顔見知りになりました。

兄が事故で亡《な》くなったのは、大学卒業を控えた頃です。

兄の死に、私は錯乱したのかと周りに心配されるほど嘆き悲しみました。私は兄が好きでした。兄がいるから、東京に来たのです。幼い頃から、頼りない、おとなしくてぼんやりしている私を可愛がって愛してくれました。そんな兄の存在がこの世から失われたのをしばらくは受け入れられませんでした。

平丘は必死に兄の代わりを果たそうとしてくれました。愚直で真面目《まじめ》な男は不器用ですが、そのぶんまっすぐこちらに向かってきたのです。

大輔が平丘と私を交際させようとしていたことも、そのきっかけであるのは間違いありません。あるときふと何かの拍子に、大輔に「僕のようないい加減なだらしない男よりも、平丘のほうが君を幸せにできると思ったんだ」と言われたこともあります。

私は平丘と結婚しました。

平丘は私を大事にしようとしてくれましたし、私も平丘を頼っていました。

違和感が生じはじめたのは、結婚して二年ほどのちに平丘の仕事が忙しくなった頃です。帰りが遅くなり、一緒に食事をすることもなくなりました。週末もつきあいのゴルフだ何だと理由をつけて家を出ます。会話する機会も失われていきました。

平丘はがむしゃらな男でした。要領の悪い男でした。上手《うま》く使われているだけだと勘付きながらも従うしか会社への尽くし方を知りません。浮気などではないこともわかっています。信じていました。私と、いつか生まれるであろう子供のために、平丘が必死で働いて貯《たくわ》えをつくろうとしてくれていることも理解していたつもりです。けれど、どこか平丘の、私に対する責任感を重く感じはじめたのもこの頃です。平丘はいつまでたっても、私に対しては「兄」の役割を果たそうとしていましたが、私が欲しいのは兄ではありません。

私を愛してくれる、男です。

兄の代わりじゃなくて、私の心も身体も女として貪《むさぼ》り求めてくれる男です。それを平丘はわかっていなかったのです。私が平和な生活の中にいれば満足できる女だと思っていたのでしょうか。私が欲しいのは、もっと激しいものなのに。平丘は私という女を穏やかな草食動物として扱い、愛玩《あいがん》し守れば満足すると勘違いしていました。

私のために無理して働くよりも、傍にいて欲しかったことに気づいてくれませんでした。

平丘と夜を共に過ごすことはほとんどなくなりました。遅く帰宅してぐったりとしてすぐに寝入ってしまう男に無理にせがむほど私は無神経ではありません。

家では、いつも疲れているようで、私が何かを問いかけても億劫《おっくう》そうに返事をされるのが悲しかったのです。たまには一緒に外で食事をしようとか、どこかへ遊びに行こうと誘っても、「毎日顔合わせてるんだからいいじゃないか」とめんどうくさそうに言われ、失望ばかりが広がっていきます。

私は寂しかったのです。心も、身体も。

どうして男の人は、女の身体を置き去りにして平気なのでしょう。身体を放っておくと、心も離れてゆくことになぜ気づかないのでしょう。

私はセックスがしたいわけではありませんでした。ただ、大事にされて、必要として欲しかっただけなのです。

そんなときに、大輔が私への恋慕の情を見せたのですから、私はそれを見ぬふりができませんでした。

あの頃の大輔は、平丘の私に対するそっけなさと冷たさに、いてもたってもいられなかったそうです。

仕事のつきあいだと言ってしまえばそれまでなのですが、平丘は上司や取引先に連れられて夜の街を飲み歩き、まっすぐ家に戻らずに学生時代の仲間がやっているバーにも現れ、そこで何度か大輔とも顔を合わせていました。

「三千子《みちこ》さんが待ってるんじゃないのか。毎晩ひとりにして寂しがってるんじゃないかと言うと、『かまわないよ、俺の稼ぎで暮らして、あいつは満たされて優雅にやってるから放っておいたらいいんだよ』……なんて言うからさ……」

大輔はなおも続けます。

「お前、三千子さんをちゃんと大事にしてるんだろうなって聞いたら、あいつは、『長井、お前はわかってないよ。結婚したら家族になるんだよ。家族としては大切だけど、女として欲情するのはまた別の話なんだよ、そういうもんだ』そう言って、俺のことを馬鹿《ばか》にしたように笑うから、腹が立ったんだよ。だって三千子さんは、まだこんなに可愛らしいのに」

男の人も、女が使うような媚びを含んだ声を出せるのだと知りました。優しさをまとった媚びを。

私は大輔から平丘の言葉を聞かされて傷つきはしましたが、それが本音ならば、私自身に問題があるのも理解していました。結婚して、ひとりの男に所有された私は、女として怠惰になっていたのでしょう。家庭をつくるという、平凡な幸せの道筋が目の前にできたときに、私は男を惹きつける魅力を失ったのです。

平丘の言うとおり、私は満たされて優雅な生活を送っているはずなのに——本当は毎日悶々《もんもん》としていました。

　この平穏な生活は平丘のおかげなのですが、そのせいで私の人生は早々に他人の人生に組み込まれ終ってしまったような気がしてならなかったのです。私は全てを平丘に所有されていました。わざわざ毎日、家に帰ってくる男の気を惹く必要もありません。平丘だって私の歓心を買う必要などなくなったから、空気のように当たり前にそこにいるものとして扱っていたのでしょう。

　退屈な日常も、安定した生活も、静かな感情も、本来ならば幸福の証《あか》しだと喜ぶべきなのです。それらはほとんどの女たちが欲しがっているものですから。でも、「幸福」を手に入れた私は、自分の欲しいものが別なものであることに気づいていました。

　それでも、もしも、大輔がこうして私を気にかけて度々訪ねてこなければ、私がそこから踏み出すことはなかったはずです。

「不幸」な物語を見出《みいだ》して、同情と愛情の境目が曖昧《あいまい》になり、私を被害者に、平丘を加害者にしたてあげ、私を救おうなどと安物の「男らしさ」に目覚めた大輔がいなければ。

「三千子さんが可哀想《かわいそう》だ」

百合の花の匂いを嗅いだ私に対して欲情を見せた数日後、いつものように家に訪ねてきた大輔が顔を伏せ両手をテーブルの上において震わせながら、そう言いました。大げさな仕草ですが、いつもの大輔です。たとえ夫との共通の友人とはいえ、男を家に上げた私を無防備だという人もいるでしょうが、拒むわけにいかないではありませんか。私のことを思って、私に会いたいと言ってくれる唯一《ゆいいつ》の男を。私はいつも拒まず受け入れているのです。私に関心がある男を。

私の沈黙を、大輔は肯定だととらえたようです。

顔をあげて、私の眼をじっと見つめました。

その眼は、潤んでいます。

男も女も、濡れた瞳《ひとみ》というのは、艶《なま》めかしさを醸《かも》し出します。瞳が濡れるときは、身体そのものが水を湛《たた》えているからです。

「僕はあなたを平丘にやったことを後悔している。本当は、ずっと好きだったけれど、僕はあなたには相応《ふさわ》しくないと思ったから、あのとき身をひいてしまったんだ」

そう言ってはくれましたが、私は内心鼻白んでいました。大輔の言葉をそのまま信じるほどにおめでたくはありません。本当に最初から私のことが好きならば、他の人に押しつけるなんてことをするはずがないし、私の意思を無視しています。大輔はこの状況に酔っているのです。夫に相手にされない寂しい人妻を目の前にして勝手に同情し、それを愛情とはき違えているのです。

大輔は昔から、そうでした。私のことを気にかけて離れないくせに、踏み込まない。兄が生きていた頃、ちょくちょく訪れてきたのは、私の顔を見たいからだったくせに。兄はよく「あいつはお前が好きなんだよ」と言っていましたもの。そのくせ顔を見てもからかうばかりで、誘ってくれたことなど一度もありませんでした。

兄が死んだあと平丘に私を「もらってやれ」なんてすすめたくせに、いざ結婚すると、しょっちゅうメールをよこすようになり、「暇だろうから、相手してやろうと思って」なんて言って、家に上がりこむようになった大輔は、いつも自分の物語の中でしか生きていません。

私はきっと、大輔の物語の中の「憧れのヒロイン」だったから、現実の女として自分のものにするのを躊躇い続けていたのでしょうね。

そうして、大輔は今、ようやく私に自分の想いを告白したつもりになっているのでしょうが、実は違います。

私に問うているのです、自分はどうすればいいのかと。

あなたはずるい。あなたこそ、ずるい。

私は冷静なつもりでした。大輔の物語の中に引きこまれてやるもんかと思っていました。今までさんざん、もどかしい想いをしていたのだから。

なのに――。

「今からでは、もう遅いの？」

私が心とはうらはらのそんな言葉を口にしたのは、大輔に抱かれたくなっていたからなのです。包み込まれて、求められたくてたまらなかったのです。

大輔の目は私を欲しがっています。全身から欲望がもたらす潤《うるお》いを溢れさせています。身体は小刻みに震え、私を抱きしめたくてたまらないのだろうけれど、それを必死に抑えていました。

大輔とのつきあいは長いけれど、こんな目で見られたのは、欲望を剝《む》き出しにされたのは、初めてでした。男に全てを欲されることと――平丘に抱かれることが少なくなってから、久しくこんな目で見られることはありませんでした。

私は自分が興奮してきたのがわかりました。性的な興奮ではありません。私という存在が求められている悦びを久しぶりに感じていたのです。

「なんでそんなこと言うんだよ、君は平丘の妻じゃないか」

大輔が泣きそうな声を出しました。

女のような、甘えた声です。そんなふうに心を剝き出しにする大輔を可愛らしいと思いました。

「――あなたが、あの時、私と平丘の結婚をすすめたんじゃないの」

「だから、後悔してる。そのほうが君にとって幸せだと思ったから」

「嘘吐《うそつ》き。本当に私のことが好きだったら、平丘と結婚しろなんて言わないでしょ。その程度のことだったのよ」

「嘘じゃない。今だって、好きだよ。だから平丘が君を寂しがらせていることが腹立たしいし、なんとかしてあげたいと思っている」

「本気なの？」

「本気だよ、嘘なんか言わない」

「じゃあ、どうして奪ってくれないの？　私を――言葉だけじゃなくて、身体も」

私がそう言うと、大輔は一瞬だけ目を伏せて迷いを見せましたが、すぐに意を決したように顔をあげて、私の目をじっと見つめました。

その目には欲情が滾《たぎ》っています。

もうひと押しです。

私は大輔の頰に指でふれ、顔を近づけました。

私の匂いが届くぐらいに、寄せました。

「ああ、もう、たまらない――三千子さん」

大輔は私の視線から逃れるように、私の頼りない肩を抱きよせます。

「僕のものになって――」

大輔が口づけをしてきたので、私はすばやく舌をすべりこませ、大輔の舌にからめました。

大輔が全身で私を求めていることを感じて、鳥肌が立ちました。

ああ、私が欲しかったものは、これなのです。

私を欲しがる男、奪ってくれる男、退屈な日常から救い出してくれる男。

女としての私が欲しくてたまらない男。私に欲情する男。

私は男の激情の波に巻き込まれたふりをしながら、大輔の背に手を回しました。

大輔と私は何度も舌を絡《から》めながら、ソファーに移動しました。平丘がいつもくつろいでいるソファーに大輔は私を横たえ、ブラウスのボタンを外し、スカートをおろします。

「いやっ……」

私はひそやかに抵抗します。もちろん、そのほうが男の人が興奮するのを知っているからです。

「ごめんな、こんなことして、ごめん。でも、とまらないんだ」

大輔は謝りながら、私の下着も外しました。

「恥ずかしい……見ないで」

私は両手で乳房を隠します。少女のようなと男たちに形容される形のよい小ぶりの乳房です。

「三千子——お前が悪いんだよ。あまりにも痛々しくて、守ってやりたい、自分のものにしたくてたまらなくなるんだ」

いつのまにか下着を脱いだ大輔は、私の両手首をそれぞれの手でつかみ、ソファーに押しつけて乳房からどけると、胸のふくらみの狭間に顔を埋めました。

「三千子——三千子——お前が悪い——」

「ごめんなさい」

本当は何も悪いなどと思ってはいないのに、私は応えるように、小さくそうつぶやきました。

大輔の荒い息が私の乳房にあたります。そうしながら、手首を押さえていたはずの左手は左胸をもみしだき、右手は私の下腹部をなぞるように下がっていきます。

「そこは……いやぁ……恥ずかしいの」

私は太ももに力を入れました。

「もうここまで来たら、止まらないんだよ。お願いだ、三千子。俺はお前が欲しくて欲しくてたまらないんだ」

「でも……私……結婚してるのよ」

私はこの期《ご》に及んで身をよじらせました。

「三千子を不幸にはしないから。俺が守るから、だから俺を信じて俺のものになってくれ」

ふと大輔が顔を上げました。

今にも泣きそうな表情で、私を見つめています。欲しい欲しいと、泣きわめいてすがる子どもの顔です。

私は声を出して笑ってしまいそうになるのを必死で留め、困惑した表情を作り続けていました。

「大輔——信じていいの？」

「ああ、俺を信じて。俺は三千子を心の底から愛してるから——平丘よりも。だから、三千子が欲しい」

大輔が答えた瞬間、私は足の力を緩ませます、そうすると、大輔の指が入り込んできます。

「ああ……三千子のここ、温かい」

お世辞にも大輔の愛撫《あいぶ》は上手いとは言えませんでした。むしろ、力が強くて痛みを感じるほどです。けれど最初だから加減がわからないのだと私は我慢しました。

「三千子——愛している」

大輔は、私の中に入ってきました。軽く痛みが走ったのは、大輔のものが平丘より大きかったからというよりは、短い前戯で潤いが足りなかったからでしょう。

「三千子——っ！！」

大輔はこちらが気恥ずかしくなるような声をあげ、激しく腰を打ち付けました。

「あ、もう駄目だ。ごめん、早いけど、三千子が好き過ぎて我慢できない——」

あっけないほどに早く大輔は果てました。どろっとした生温かい液体を、私の腹に出しながら。

私は大輔に気づかれぬように、その臭《にお》いに顔をゆがめました。

大輔とのセックスはそのようなお粗末なものではありましたが、終わったあとに彼は感動のあまり涙を浮かべて「ずっとこうしたかったんだ」と私に語りました。

その切なる思いは、さきほどのセックスを補ってあまりあるもので、私も涙を流しながら、「大輔とこうなれてうれしい。後悔はしないから」と、口にして、ふたりで何度も抱き合いました。こんなふうに強く抱きしめられるのも感激されるのも久しぶりのことで、私はずっと泣いていました。

そんな私の反応が大輔を悦ばせたようで、彼は、その場で「離婚してください。僕が君を引き受けるから」とはっきりと言いました。

それからのことは、今思い出しても大変でした。情熱なのでしょうか、世間知らずのお坊ちゃまゆえの無鉄砲なのでしょうか、大輔は平丘に「三千子さんを僕にくれ」と直談判《じかだんぱん》してしまったのです。

私はまさかの展開の速さに驚きましたが、何よりも悦びが勝りました。激しくそこまで想ってくれる男が、この世に存在している事実が嬉《うれ》しかったのです。セックスそのものは身勝手で短いものでしたが、私が求めているのはセックスではないから、かまいません。

大輔の両親にも知られ激怒されましたが、大輔は私を選ぶと宣言しました。

平丘は告白を聞き、私が大輔を好きならばと、離婚を受け入れたそうです。大輔が平丘に話をしたあと、私はすぐに家を出て大輔の借りてくれたウィークリーマンションに滞在しました。

家を出てから一度だけ、三人で膝《ひざ》を突き合わせて話をしました。三千子はどうしたいんだと平丘に聞かれたので、「私も大輔さんが好き」と答えると、平丘は「そうか」とだけ言いました。

私は、平丘と大輔の前で泣きじゃくりました。あの時、私が泣いたのは感傷や罪悪感からではなく、平丘にとっくに捨てられていたと思い知らされたからなのです。怒りもせず、泣きもしない平丘の反応は、私を悲しませ、この人の私に対する愛情は冷めていたのだと受けとめました。

ならば大輔についていくしか、道はありません。

平丘を捨てたのは私のはずなのに、私のほうが捨てられた気分でした。

けれど、最後、私が部屋を出ていくときに、平丘はこう言ったのです。

「幸せになってくれ。そうじゃないと、俺がつらすぎる。身を切られる想いで別れることを決めたんだから」

その言葉だけは、胸に響いて、それからも私の心をとらえて放しませんでした。

最後の最後に、私への親愛の情を口にするなんて、卑怯《ひきょう》です。

「あなたも――」

「俺はもう誰とも結婚しないよ。他の女となんて、考えられない」

うつむいた平丘の眼から涙が一筋こぼれおちました。

平丘の涙を見たのは、それが初めてです。

それまで感情を表に出すことがなく、私のことだって、どう思っているのかわからなかったのに――どうして男の人は、別れるときだけ素直になるのでしょうか。

大輔の両親は、ろくに働かずふらふらしていた息子が、人妻を、それも友人の妻を略奪したことを許しませんでした。それまで大輔は親の援助を受けて実家暮らしをしていたのですが、かろうじて新居の費用だけを手切れ金のように渡されて追い出されました。

大輔と私の新しい住まいは古い1LDKのアパートでした。八畳の部屋に布団《ふとん》を敷いて眠り、六畳のダイニングキッチンが大輔のアトリエとなりました。

私は自らが引き起こしたこととはいえ、新しい生活の貧しさや世間の冷たさ、大輔の両親の怒りに困惑しました。まさか大輔の両親がここまで息子を突き放すとは考えてもみなかったのです。子供でもできたら、孫可愛さに許してくれるのではとも考えましたが、そもそも私と大輔との間に子供が生まれ、二人で育てる姿が想像できません。父親という立場が似合わない男です。

境遇が変わっても、大輔は変わりませんでした。親の援助が打ち切られたので、アルバイトをはじめましたが、プライドだけ高く使いものにならない若くもない男に勤まるわけもなく、短い期間でいくつか転々としていました。結局、昔の仲間がやっている夜の店の手伝いに納まりましたが、小遣い程度の金額ですから、生活のために私も働きに出ざるをえません。

私はそう身体が丈夫ではないのです。何か特に病名を告げられたことはありませんが、風邪もひきやすく、貧血気味で、生理痛も重く、だから兄は幼い頃から心配して私を可愛がってくれていました。平丘も、それを知っていたから私が家にいることを許してくれていたのです。体力もなく、小柄な私は庇護《ひご》されて生きてきたのです。

私はとりあえず近所のファミリーレストランで働きはじめました。アルバイトは大学生や、よく働く主婦が多くて、気が利《き》かず、力のない私は皆の足を引っ張り、戸惑うことばかりで、家に戻ると毎日ぐったりとして疲労と眠気に支配された生活を送るようになりました。

まだ若いのだからと、夜の仕事をすすめられたことがありますが、そうすると大輔の生活とリズムが合わなくなってしまい、大輔にとって都合が悪いのです。

大輔はアーティストですから、私が働きに出ている昼間はアトリエとなっているダイニングで時間を過ごしています。とはいえ、何をしているのかよくわかりません。私の目にはパソコンを前にして時間潰《つぶ》しをしているようにしか見えませんが、それも「創作活動」だと言われれば、それ以上は何も言えません。

私は働いて疲れて帰っても、夕食をつくらねばなりません。一緒に暮らしはじめてわかったのですが、大輔は大変舌がこえていて、好き嫌いの激しい男でした。野菜が好きなのは健康的かもしれませんが、毎日野菜が数種類入った料理を用意するのにはお金もいりますし、手間もかかります。インスタントラーメンやレトルトのカレーは気に入らないのです。

だからといって自分でつくることはしません。お手伝いさんがいるような家で育った男だから、家事ができないのです。料理だけではなく、掃除も洗濯も自分でするという発想がもとからないのです。

ひとり暮らしの長い平丘は、私が疲れていたら、勝手に外へ食べに行ったり、時には簡単なものを自分でつくったりもしていましたし、冷凍ご飯をつかった雑炊やインスタントのものでもおいしそうに食べてくれましたし、皿洗いもしてくれました。

私は疲れていました。

身体だけのことではありません。

平丘を捨てて大輔と暮らしはじめて、友人たちの非難を一斉に浴びました。私の耳に入る話なんて、ほんの一部に過ぎませんから、知らないところで、どれだけ貶《おとし》められ軽蔑されていたことでしょう。

おとなしそうな、か弱いふりをした、ずるくておそろしい女だというとらえ方をされていたようです。私は自分の心に素直に従っただけで、何も悪いことなどしていないのに。

大輔の周りでも同じでした。もともとの友人たちは、皆、平丘の味方になりました。お坊ちゃんで裕福でアーティストなどと名乗り、親の金で遊びほうけていた大輔に対する嫉妬《しっと》と嫌悪感《けんおかん》が一気に噴出して、苦労人である平丘に同情が集まるのは当然でしょう。

こうなってはじめて、私もそうですが大輔にも人望がなかったことがわかりました。そして今まで友人としてつきあってきた人間のほとんどが、都合のいいときだけ一緒に時間を過ごす相手に過ぎなかったのだと気づかされもしました。

大輔は人に好かれる男だと思い込んでいましたが、それまで周りにいた人間たちは将来会社の社長になることを約束された暇で裕福な男に仲間のふりをして取り入っていただけでした。

私たちは孤立していました。この味方のいない世界で、ふたりで肩を寄せ合って生きていかねばなりません。

いつか結婚し、子供を産み、家庭を築き——そうなる頃には周りも私たちを受け入れてくれるのでしょうか。

けれどどう考えても、大輔との未来は描けないのです。抱き合うことは想像できても、それからのことが、見えない。大輔が堅実な職に就き、二人でまっとうな生活を送る姿なんて想像がつきませんでした。

大輔は昔と変わらない、変わってくれないのです。責任を背負う気がないままなのです。

男の人はどうして夢を見続けることができるのでしょう。

女は一瞬しか、夢を見ることができないのに。

大輔が仕事を終えて帰宅するのは、明け方です。

私はもちろん、眠っている時間です。それなのに、大輔は私を抱こうとします。疲れている私を無理矢理起こします。今、抱かれてまた眠っても、数時間後には起きて仕事に出なければいけないのですから、大輔に求められるのは苦痛でしかないのに。しかも、相変わらず大輔のセックスは、指での少しばかりの強い愛撫のあとで挿入し、私が満足しないままに自分だけ達するような稚拙なセックスで、いくら回数を重ねても良くはならないことに内心がっかりしていました。

平丘と暮らしていた頃は、多忙な平丘が私を抱かないことに寂しさを感じていましたが、今度は逆になりました。休日だけ抱かれるなら、私も楽しめるかもしれませんが、大輔は休みの日は外に出て遊びたいようでした。遊びというのは、アーティストを名乗る同じようなわけのわからない連中たちと飲み歩くことです。

私も一度、連れていってもらいましたが、この上ない居心地の悪さでした。垢抜《あかぬ》けているわけではなくて、私から見たらとんちんかんな格好をしている女たちや、そろいもそろって同じ外見なのに自分は個性的だと思い込んでいる薄っぺらい連中ばかりで、楽しくありませんでした。

大輔とはそこそこ長いつきあいのはずなのに、こう趣味も友人も合わないことにどうして今まで私は気づかなかったのでしょうか。

ええ、わかっています。私は大輔に関心がなかったから、知ろうともしなかったのです。

私にとって大輔は、平丘との結婚生活のかすかなひずみに現れた男に過ぎなかったのです。

あのとき、寂しい私に救いの手をさしのべてくれた騎士に思えただけだったのです。その瞬間、だけです。

大輔が私を平丘から奪おうと決意して、私に燃えたぎる欲望を見せたあのときが、私と大輔の関係の頂点でした。

平丘が会社を辞めたと聞いたのは、母親からの電話でした。遠くにいる両親は私が平丘と別れたことに腹を立てていましたし、平丘にひどく同情的でした。それでも兄が亡くなり、残されたたったひとりの娘でしたから、大輔の家のように縁を切るようなまねはされずに済みました。

私は知らなかったのです。離婚したあと、平丘が北海道の私の実家まで「僕が至らなかったのです。三千子は悪くありません」と謝りに行ったことなんて。感動した両親は、これからも遊びにきなさい。死んだ息子の友人でもあるし、本当の息子だと思っているのだからと言ったそうです。

平丘が仕事を辞め、独立したと聞いて驚きました。週に二度ほど夜間の学校に通い資格をとり資金をためて開業したなんて、初耳でした。毎日、家に帰るのが遅かったのは、仕事以外にもそんな理由があったのです。

どうして妻である私にそれを言ってくれなかったのだろうとこぼすと、母親は、「独立できる確信がないから、お前に心配かけたくなかったんだって。責任感のあるいい人だ」と平丘を褒めます。

別れるとき、私が大輔を好きなら離婚していいと、平丘はあっさりと認めてくれて、恨み言などは一切口にしませんでした。内心はいろいろ思うことはあったでしょうが、敢《あ》えて口に出さないのは平丘の賢さでもあり、したたかさだったのかもしれません。寝取られ男であるはずの平丘の評価は上がり、それを耳にする度に、私も平丘を思い出す機会が増え、良い記憶ばかりが浮かびます。

けれど今さら、どうすることができるのでしょうか。

私だって、たとえ虫のいい考えが思い浮かんだとしても、実行なんてするつもりはありませんでした。心が動かされたのは、平丘に恋人ができたのではという話を耳にしたからです。

教えてくれたのは、皮肉にも大輔でした。

「女の人を連れて、友達の店に来てたらしいよ。だからもう、安心だね。他の女と上手くやってるんなら、大団円だ。俺もさ、やっぱりあいつに申し訳ない気持ちはあったからさ。三千子もホッとしただろ」

大輔はまったくわかっていません。平丘に新しい女ができて、私のことを忘れたら、自分たちの罪はなくなり、私も救われるのだと思っています。平丘に恋人ができると私が喜ぶと信じているのです。

なんて、おめでたく、馬鹿な男なのでしょう。

私はそれを聞いて、表情には出しませんでしたが、いてもたってもいられなくなりました。平丘は器用に遊ぶ男ではありません。いつも女性には真剣でしたし、つきあうことは一生一緒にいること、つまりは結婚でした。

平丘は別れるときに、誰とも結婚しないと言ったはずなのに。

私に何も言う権利がないのはわかっています。けれど、やりきれないのです。

怒りに似た感情が芽生えてきて身体《からだ》が熱くなりました。

途端に、目の前にいる愚かな男の価値が下がっていくのをひしひしと感じ、私は平丘に会うことを決めました。

平丘は私と別れてから引っ越して、住居兼事務所を借りていました。両親からの情報で、住所は知っています。

私は偶然を装《よそお》うことにしました。さすがにあんな別れ方をして、「久しぶりに会いましょうよ」なんて自分から連絡ができるほど厚顔無恥ではありません。携帯電話の番号もメールアドレスも消してはいませんでしたが、こちらから会いたいなんて連絡して冷たくされたり無視されることも怖かったのです。

私は平丘の家の近所に、平丘が好きだった珈琲《コーヒー》専門店の支店があるのを知りました。そこに行けば、いつか会えるだろうと思い、仕事が終わってからその店に通いはじめました。

十日もしないうちに、入り口から一番よく見える席に座っている私を、平丘が見つけてくれました。

平丘は私の顔を見て、驚いた表情になりましたが、そこに動揺が表れないのが、私にもう未練はないということなのかと思うと悔しいのです。心なしか痩《や》せたようですが、そのせいで若返っている様子に私は苛立《いらだ》ちました。身だしなみは清潔で、やはり恋人ができたのかと疑念が湧《わ》きます。

「三千子、どうして、ここに？」

「この近くにバイト先の友人の家があるの。さっきまでお邪魔してたけど、まっすぐ帰るのがもったいなくて」

「すごい偶然だね」

「びっくりした、この近くに住んでいるの？」

友人の存在は、嘘です。平丘の家を知らないふりをしたのも、もちろん嘘です。

平丘は立ったまま話をしていましたが、ウエイトレスが水を持ってきたので、他の席に座るのも不自然だと私の向かい側に座りました。

平丘の態度は、別れた妻に対して憎たらしいほどに節度のあるものでした。

私の両親の話など、当たり障《さわ》りのない話しかしません。けれど三十分ほどして、「仕事が残ってるから」と伝票を手にした平丘は、「三千子が元気そうでよかった。長井と上手くやってるんだな」と、静かな声でつぶやきました。

私はすかさず、「あなたは、いい人、できたの？」と口にします。

「いい人？」

「新しい恋人ができたって、噂《うわさ》で聞いたから」

「ああ……」

平丘は苦笑します。

その笑いの真意は測りかねますが、曖昧にされたのが内心は腹立たしかったのです。

嫉妬の感情が湧き上がってきました。身体は熱くなるのに、背筋には冷たいものが走ります。

「恋人じゃないよ。ただ、世話になってる人に紹介されて断り切れなくて、最初は友人からでもと言われて……たまに食事をするだけだよ」

どんな人なのと聞いた私の表情は、余裕を見せられたのか、嫉妬が浮かんでいたのか、どちらなのか自分ではわかりません。

「会計士なんだ。若いけど独立しててね、しっかりした子だよ」

そう言った平丘の表情の中に、私はその女への感情を読み取ろうとしました。友人とは言いながら、好意を抱いているのが察せられました。

「――別れるときに、あなたが私に言ってくれたこと、覚えてる？」

「何を？」

平丘を責めたくなる衝動にかられました。あれから一日だって、私は平丘の言葉を忘れてはいないのに。

「だから、自分は、結婚しないって」

「ああ」

本当に、今、思い出したかのように平丘が声をあげます。

「忘れてないよ。本心だし、正直、今でもそう思ってる。僕は三千子のお父さんお母さんに、幸せにするって言った約束を破ってしまったから……同じ過《あやま》ちをくりかえしたくないからね」

平丘の言葉に、私は安堵《あんど》を覚えましたが、それはただの責任感に過ぎないのでしょうか。私のことが、まだ好きだという感情からくるのだと思いたいけれど、本当のところはわからない。

「俺が悪いんだよ。仕事にかまけて、三千子のことを見ていなかった。でも、言い訳に聞こえるかもしれないけれど、あの頃は、三千子との将来のためにも独立することで頭がいっぱいだったんだよ。そんな俺の責任感が、見当違いだったって、あとで知ったけどね」

平丘の目を寂しさが過《よぎ》り、胸が痛みました。

けれどその痛みの中に、甘さが芽生えてもいます。

「長井は、どうしてる？」

「相変わらず……でも、さすがにアルバイトはじめたの。私とのことで、ご両親に縁を切られちゃったから、お金にも困っていて……あちこちで敵を作っちゃったから……いろいろ大変で、体調もよくなくて……仕方ないんだけどね」

一瞬にして、平丘の表情が曇ります。

「そうか——」

何かを言いかけて、平丘は言葉をとめました。

私は期待していました。平丘の口から、大輔をとがめる言葉が出ることを。

けれど、それ以上、平丘は何も言いませんでした。

平丘は憎たらしいほど、大人です。次の約束をとりつける隙《すき》も与えてくれずに、「元気で」とだけ言って店を出ていきました。

わかっています。

私は平丘を捨てて、他の男に走った女なのですから、何かを期待などしてはいけないことぐらいは。

その夜も、アルバイトから帰ってきた大輔が私の布団に入ってきました。私は億劫で、寝たふりをしていましたが、揺り動かされます。

「起きないな。疲れてるのかな」

当たり前だと、口にしてしまいそうでした。身体がそう丈夫ではない私が毎日働いているのに、この男は酒の匂《にお》いを漂わせていることが腹立たしくて寝たふりを続けました。

もし大輔とこのまま結婚して子供が生まれても、やっていけません。妊娠したら私は働けなくなりますし、そうなると大輔の収入だけでは無理です。それこそ両親に援助を頼まないといけませんが、果たして許してくれるのでしょうか。

大輔との結婚は未来に不安しか見えませんけれど、もしも結婚せずに大輔と別れてしまったら、私はどうなるのでしょうか。

バツイチで、また男と別れてひとりになって、どうして生きていったらいいのかわからないし、それこそ世間の笑いものです。ざまあ見ろと指さして喜ぶ人たちもいるに違いありません。

大輔の手が執拗《しつよう》に、私の身体をさわってきます。戯《たわむ》れに、頬を軽くつねったり、股間《こかん》を押しつけたりしてきました。

私はそれでも寝たふりを続けます。

「なんだよ、起きないなら、勝手にやっちゃうぞ」

私は溜息《ためいき》を殺しました。大輔は私の下着を脱がし、覆《おお》いかぶさってきます。濡《ぬ》れていないのに無理やり挿し込まれ、痛みが走りましたが、歯を食いしばり堪《こら》えます。どういう神経をしているのでしょう。私は自分が道具にされている気がしました。男の欲望を受け止めるための人形に過ぎないのだと。

私は全く欲情などしていません。するわけがない。

大輔は私を平丘から奪いはしましたけれど、もしかして、それは私でなくてもよかったのではないでしょうか。

大輔が私の上で動いている間、私は平丘のことをずっと考えていました。平丘は、激しくはないけれど、私をいつも愛《いと》おしむように愛撫してくれたのです。挿入行為よりも、女を愛《め》でるほうが好きだと言っていました。大輔が決してしない行為――両足の間に顔を埋め、舌で味わうのも、好きでした。一緒に暮らしていたときは、平丘のやり方が、どうもねちっこくしつこいように思え、正直、もっと簡単でもいいのになどと思っていたのです。けれど大輔と暮らしはじめてから、平丘のように身体の隅々まで存分に口をつけられて高められてから挿入するやり方が恋しくなりました。

愛されていると、思えるのです。

肉の棒を挿し込まれ、声を出さない私の上で懸命に腰をふる大輔の顔を薄目で眺めながら、平丘がたまに食事をするだけだと言った女のことが浮かびました。私は会ったこともないその女を憎みそうになりました。

会計士でしっかりした娘――その言葉が、まるで私が頼りない女だと責められているようにも聞こえたのは、僻《ひが》みです。

私はひとりでは生きていけません。そんな強い女ではありません。

男にすがらないと、生きていけないのです。

平丘の心が自分から離れていきつつある――そう感じたから、大輔に身を任せたのに。

まさか他の男のことを考えているとは思ってもみないであろう大輔は、私の乳房の先端をつまみながら、腰をふり続けています。

男の肉の棒など、私にとっては相手は誰であろうが、そう変わりません。

やり方も、性器の形も、多少の差はあっても、私の肉体に差しこまれるものに、たいして違いなどないのです。

私は、セックスそのものはそんなに好きではありません。いえ、むしろ痛いから苦手ですし、本当はなくても構わないのです。

ただ、私は男が私を欲しているのが、好きなだけなのです。男の欲情が一番伝わってくる行為がセックスで、だから私はセックスを求めているのです。

セックスを好きじゃないのに、セックスを連想させる仕草で男たちの欲情を喚起するのは、セックスは、男を惹《ひ》きつけるのに最適だからです。セックスは目的ではなくて、手段なのです。

私は、平丘が私にふれなくなったから、自分に欲情する大輔に私を略奪させました。自分を求めない男など、興味はありません。

けれどこうして平丘と別れ、大輔と暮らしはじめると、大輔にとってのセックスは、愛情の確認ではなく、自身の性欲の解消なのだと思い知らされたのです。平丘は違いました。こんなふうに疲れた私にのしかかるようなまねはしなかった。

結局、一度だけだったのです。私と大輔が心も身体も通い合ったのは。「不幸で寂しい人妻」に大輔が欲情し、私は寂しさを埋めた、それだけのことだったのです。私が欲しいのは、身体を求められることではないのだと、こうして日々、不本意な性行為で痛感しました。

「ぁあっ」

大輔が声をあげて、私の腹の上に生温かい液体を放出しました。

大輔は中には出しません。大輔自身も、きっと子供ができても養っていけないのはわかっているのでしょう。結婚して私の人生を引き受けることも重いのでしょう。そのくせ避妊具は装着せず、外に出して中途半端に避妊した気になっているのも結局、自分の快楽を優先しているのです。

私を本当に愛しているのなら、躊躇《ためら》いなく全《すべ》て注ぎ込んで、私の人生を背負えるはずなのに。

「ごめんなさい、いきなりで」

深夜というほどではないけれど、平丘は、闇《やみ》が訪れた時間にいきなり訪ねた元の妻を追い返そうとしなかったので、安心しました。

「いや……でも、どうしてここが？」

平丘は困惑した表情を浮かべてはいます。

「親から聞いたの」

平丘は私を家に上げてくれました。けれど全身から警戒心を漂わせ、私の目を見ません。

わかっています。平丘は怖がっているのです、私を。いや、私を、ではありません。平丘自身の欲望を、です。

見覚えのあるダイニングテーブルの上に、珈琲を置いてくれました。懐《なつ》かしい香りです。平丘はいつもこの珈琲しか家では飲みませんでした。私が平丘を待ち伏せするために通っていた珈琲店のものです。

「長井と何かあったのか」

平丘が私の向かい側に座りました。かつて一緒に暮らしていたときと、同じように。

私はうつむいています。涙をこらえているようにも見えるでしょう。

「俺を捨ててまで一緒になりたいと思った男なんだから、ちょっとしたことで揉《も》めるなんてよくないよ」

「殴られたの――」

私がそう言うと、平丘がぎゅっと拳《こぶし》を握り、身体に力を入れたのを感じました。

怒りがこみ上げてきたのでしょうか――私の思うつぼです。

「なんで」

「……夜中にあの人が帰ってきて……疲れてるから嫌って言ったのに、のしかかってきて……」

半分本当で、半分嘘です。

嫌だと身をよじったら、酔った大輔がさせろよと言って、軽く私の頰をぺしっと戯れまじりに軽く叩《たた》いた程度なのです。

暴力というほどではありません、けれど、私は大袈裟《おおげさ》に「殴られた」と言いました。

もちろん、わざとです。

「だって、お前、身体が丈夫じゃないのに……」

「あの人の稼ぎだけじゃ無理だから、私も外で働かなくちゃいけなくて、毎日疲れて
て……」

「殴られたのは、初めてか」

「……」

私は答えません。

本当は殴られていないのですから、敢えて否定も肯定もせずにおきましたが、案の定、平丘は悪いほうに解釈してくれたようです。

「――俺は、お前があいつを選んで、あいつがお前のことを幸せにすると誓ったから、別れたんだぞ」

平丘の声が震え、感情が高ぶった様子が伝わってきたので、私は顔をあげました。

私の頬には、涙が伝っているはずです。

女が涙を流すなど、たやすいことです。

男の気を惹くためなら、嘘を吐くことも、泣くことも、何の罪悪感もなしに上手《うま》くやってみせます。

どの女だって覚えがあることでしょう。

涙など、哀《かな》しくなくても流せます。

男の気を惹くためならば、なんだってできる。

嘘を吐くことも、誰かを悪者にすることも。

「私が悪かったの。あなたが忙しくて、私にかまわなくなって、もう私のことなんてどうでもよくなったんだって、思い込んで――」

「それは、俺も、言葉が足りなかったんだ。怠惰だったんだ。夫婦だから、三千子が何もかもわかってくれると安心しきってた」

「あなたの帰りが毎日遅くて、話をする時間もなくて、ひとりで寂しくて、そんなときに大輔が優しくしてくれたから……でも、私が悪かったのよ。自分のことばかり考えてて、ふらふらとしてしまって……あなたと別れてから、毎日、あなたのことを忘れたことはなかったの――申し訳なくて」

「謝るのは、俺のほうだ」

平丘が立ち上がり、私の隣に来ました。もう、すぐです。

「――どうして、手放してしまったんだろう。こんなつらい想《おも》いをさせるなら」

平丘の手が私の肩に触れました。

私はゆっくりと立ち上がり、身体を平丘のほうに向けます。

「あなたと別れたことを今は、後悔している……今さらこんなこと言うのは間違ってるの、わかってるけど」

平丘の必死で動揺を押し殺そうとしている引きつった顔は、さきほどまでの大輔への怒りが、私への欲情に変わったことを示していました。何かをこらえている表情です――私の好きな男の顔です。

男は同情と弱さを見せれば釣れるということを、私はいつ覚えたのでしょうか。

いいえ、女はもとからそれを知っています。私のような、か弱い女は、同情と媚態《びたい》という武器がなければ生きていけないのです。

私は涙を溢《あふ》れさせながら、平丘の目を見つめ、顔を近づけていきました。

平丘の唇が、私にふれたくてたまらないと、尖《とが》っています。

涙も汗も、女が流す水には男を惹きつける匂いがあるのに違いありません。

「お願い、私を、助けて――奪って――」

私がそう言いながら唇を突き出すと、平丘は激しく吸い込みました。私を強く抱き寄せてくれた平丘の男のものが硬くなっているのがわかったので、すかさずそれに自分の腰をこすりつけます。もちろん、偶然そこにあたってしまったかのように。

薄手のスカートを穿《は》いてきたのは、このためです。胸元がふわりとしたレースの襟のブラウスを着てきたのも、近寄れば私の白い肌が覗《のぞ》き込めるからです。

舌で口内を貪《むさぼ》られ、その力の緩んだ隙間から私は甘い声を漏らしました。

わざとや演技ではなくて、本気で快楽を得ているのです。こんな気持ちのいいことはありません。男が私を全身で欲してくれているのを口づけだけで感じるなんて。

平丘と私の舌がからみあい、いやらしい水の音が溢れてきます。臍《へそ》の下の、私の芯《しん》に硬度を増した平丘の男の肉が、こすりつけられています。

一刻も早くつながりたいと、男の血が沸き立っているのが伝わってきました。

私は平丘がどこをどうすれば感じるのか、何をすると悦《よろこ》ぶのか、知っています。

平丘だって、私を感じさせたくてたまらないはずです。

お互い、身体が快楽を記憶しているからこそ、今からはじまる久々の性行為が楽しみでなりません。夫婦でなくなってから、初めての、営みが。

私は男の激情を全身で受け止め、歓喜に打ち震えていました。

やはり私が欲しいのは、これなのです。

たとえ一瞬のことにすぎないとわかっていても、私は求めずにはいられません。私は奪われることでしか、愛された気がしないのですから。

仮面の記憶

これから私は死出の旅路に船をこぎ出す。人気作家と呼ばれた私の死は一瞬、世間を賑《にぎ》やかにし格好の醜聞になるだろう。けれどそれも一瞬のことで、日々に埋もれ一年も経《た》たないうちに忘れ去られる。それを虚《むな》しいことだとは思わない。死など日常だ。人は忘れるという脳の機能のおかげで狂わずに生きていられるのだ。だから忘れてしまえばいい。そうして私という存在が何者でもないことを知らしめて欲しい。私は何者でもない、砂漠の砂に過ぎず、その程度の存在として消えてゆくのだ。

死んで作家は作品を遺《のこ》すが、私程度の作家の作品など、数年も経てば絶版になり、そのうち完全に消えてしまうだろう。私が四十五年の人生を費やし様々なものを犠牲にして精魂込めて書いた小説も、失われる。そのことを考えると、以前は耐えがたい気持ちになったが、私の人生の結末を決めてからは、爽快《そうかい》ですらあった。小説を残したい、名前を覚えていてもらいたいだなんて執着に過ぎないのだ。芸術も、文学も関係ない。ただの一個人の執着だ。肉体が滅びれば執着も消える。それが正しい。

あの作家は狂っただの、時代についていけなくなっただの、書けなくなったから死んだだの、様々な憶測が私の死後に飛び交うことは予想している。それらを否定する手段を持たないし、どれも正解でどれも間違いだ。

私は確かに書けなくなった。二十一歳で近未来の進化した人間の性を描いた小説で文壇にデビューし、新星と呼ばれ現代社会の病巣《びょうそう》を主なテーマとして書いた作品を激賞され、名だたる文学賞を次々受けた。そして、三十代で文学賞の選考委員もつとめ、鍛錬した肉体と端正な顔立ちで注目を浴び、マスメディアにも登場しながら作品を書き続けた私の命脈は、もう尽きている。書かない、書けない作家など作家ではないと私は公言してきた。だから私自身ももはや作家ではないのだ。そうして作家でなくなった私は生きながらえることに価値を見出せないから自ら死を選ぶ、それだけの話だ。

死を決意したときに私の人生を終わらせる方法としてまず浮かんだのは、私が最も敬愛する作家と同じ死に方だった。

私が高校生の時に出会い、まるで我がことを書かれているかのように感銘を受けた小説がある。私自身の葛藤《かっとう》とそこに書かれている作家の葛藤とは同じもののようで、作家は小説により私の魂を深く抉《えぐ》って粉々にした。作家自身の少年時代のセクシャリティを描いた小説に私は心酔し、自らも筆をとるきっかけになった。告白と題された小説は、まさにその作家の魂の告白だった。私はそれを読んで、私自身も告白したい衝動にかられて小説を書いた。

それからは、あの作家の影を私は追いかけてきたようなものだ。奇《く》しくも作家が亡《な》くなった翌年にこの世に生を享《う》けたことも偶然とは思えなかった。生まれ変わりであるなどと傲慢《ごうまん》なことを言う気はない。けれど、あの作家の魂の片鱗《へんりん》が小説を通じてどこか私の中に入り込んで、私に小説を書かせていると信じてきた。

私は小説家になり、小説を書き続けた。小説を書いて世に発表することで、私の脆《ぜい》弱《じゃく》な肉体と精神は鍛錬された——そう思い込んでいた。

けれど、あるとき、全く何も物語が浮かばなくなったのだ。最初はスランプかと思って幾つかの締切をのばしていたが、半年経っても一年経っても、一向に書けない。

書けなくなった私は、鬱病《うつびょう》の薬も飲んだし療養もした。書けなくても十分な財産はあるのだから、悠々自適に暮らせばいい、と冗談めかして励ます編集者もいた。

「幸彦《ゆきひこ》」

振り返った私が呼ぶと、目の前で幸彦が頭を下げる。

「はい」

幸彦の顔は紅潮し、目は潤《うる》み、声は震えている。

自ら死を選ぶことは、幸彦だけには話してあった。

「腹を切る」

私がひとことそう告げると、「はい」と大きな声を発して、幸彦が深く首を垂《こうべ》れた。

ここは都心の高層マンションだ。私が最も名声を得ていた頃に、敬愛する作家が最期《さいご》を遂げた地のそばに購入したもので、窓からは東京という大都市を見下ろすことができる。この光景を眺めて、まるで私が世界の帝王になったかのように錯覚していた時期もあった。

私はこの部屋で人生を終える。

幸彦は私の秘書だ。忘れもしない、彼が高校生のとき、私の講演会が終わると同時に壇に駆け上がってきて、私の小説の感想をすさまじい勢いで述べ、弟子にしてくれと土下座をしたのだ。せめて高校を卒業して、大学に入ってからならと私は条件をつけた。幸彦は私の言葉通り、大学に入学し、それから仕事の手伝いをするようになって五年が経つ。

幸彦と私の関係を邪推する下品な連中もいたらしいが、見当違いだ。私と幸彦は純粋な子弟関係であったし、私は全ての欲望を喪失しつつあったのだから。

幸彦には、私の首を切るための関の孫六を持たせてある。岐阜《ぎふ》・美濃《みの》の、敬愛する作家が最も愛した刀剣だ。切れ味は間違いない。もしも将来、自ら死を選ぶことがあるならば、列車に飛び込んで全身砕け散ったり、首を吊《つ》って糞尿《ふんにょう》を垂れ流したり、薬を飲んで泡を噴いたり、水に飛び込んで膨張して発見されたりするなど、そんな醜い姿で死ぬのは耐えられなかった。腹を切り、介錯《かいしゃく》されて首を落とす――これ以上ない、美しい死に方をすると決めていた。

敬愛する作家と同じ死に方で、同じ場所で同じ日に死ぬ――陳腐だとは自覚している。けれど、これが私が選択した死に方だ。死は生とは違い、自らが選ぶことができるのだ。だから、私は自死を不幸だとは思わない。

ただひとつ違うのは、敬愛する作家は国家観を持ち、その信念が貫けなくなったことに絶望して死を選択したとも言われている。私は国家など無関係に死んでいく。私の死は私個人の消滅でしかない。

私が死を決意したことを告げると、幸彦は必死に止めようとし、それから自分もお供させてくれと泣いて訴えた。私は誰にも迷惑をかけたくなかったので、幸彦に思い留まるように説得し、ならば、せめて介錯をさせてくれと懇願されて根負けしたのだ。たとえ認めたのは私だとしても、幸彦も罪に問われてしまうかもしれないことに私は困惑した。だからこそ、死の経緯を遺書にしたためもした。幸彦はまだ若く未来がある。罪は免れないが、量刑は最小限にとどめなければならぬ。

私は畳の上に腰を下ろし、幸彦から腹を切る刃《やいば》を受け取り、目の前に置く。和の美を愛する私にとって、この床の間のある和室は必要なもので、マンションを購入したときにわざわざ改装して作らせたものだ。着物をくつろげ、晒《さらし》を巻く。贅肉の無い腹は、私が自ら築き上げたものだ。私が最も美しいと思い、羨望《せんぼう》し続けて手に入れたものだ。

この肉体も、もうすぐ失われる。失われてしまえばいい、老いて衰える前に。肉体だけではない、私自身も、老害と呼ばれる存在になる前に、なくなってしまえばいい。権力と金だけを持つ醜く愚かな老人にはなりたくない。

私は短刀を手にし、目を閉じる。迷いはなく、むしろ清々《すがすが》しい気分だ。私が腹に刃を突き立て、幸彦が関の孫六で首を刎《は》ねる。首を刎ねられる自分の姿を想像したとき――思いがけぬことが起こった。失ったはずの疼《うず》きと熱が腹の下から湧《わ》き上がり全身に広がっていったのだ。

どうしたことだろうと、戸惑った。言葉と共に喪失したはずの欲望が湧き上がる。懐《なつ》かしくもむず痒《がゆ》い。ある時期まで湧き上がっていた私の欲情の印が硬くなっている。

私は私の死に欲情している——。
そのとき、脳裏にはひとりの男の顔が浮かんだ。もう何十年も前だろう。ずっと会っていない、久しく思い出しもしなかったあの男の顔が——。

幼い頃、病気がちで、食が細く肉のついていない小さな身体《からだ》だった私は、家政婦たちや母に心配をかけながらも可愛《かわい》がられて育った。女は弱いものを好み、男は弱さを馬鹿《ばか》にする。だから男は自分の弱さを憎むのだ。私はその頃から、私自身の弱さを憎んでいた。貧弱な肉体と精神を持つがゆえに美しい肉体を持つ者への嫉妬の感情に苛《さいな》まれていた。肉体はともかく、精神は自らの気のもちようで変わるという人もいるだろうが、戦えぬ脆弱な肉体に強靭《きょうじん》な精神など宿りようがないのだ。人生の敗者だと烙《らく》印《いん》を押されているようなものなのだから。

そんな私でも、官僚の父を持つ裕福な一家の中で女たちに可愛がられて穏やかな環境で無邪気に生きてきた。しかし男子校という男ばかりの世界に放り出され、肉体の疼きを覚え自瀆《じとく》を始めた頃から、肉体美を持つ者への羨望と嫉妬の感情に無自覚でいられなくなり、日々苛まれるはめになる。

きっかけとなったのが、あの男だった。

柏木君雄《かしわぎきみお》。落第して、私と同級生になった。

最初から柏木は異物だった。私はひときわ貧弱な生徒ではあったが、周りも多少の体格の違いはあれど、まだ少年と呼ばれるような人種だった。しかし、柏木は違った。

「柏木のやつ、『経験者』なんだってさ」

隣の席の生徒が、授業の合間に私に囁《ささや》いてきたその声は、明らかに興奮を孕《はら》んでいた。私たちのほとんどが、自分の肉体の猛《たけ》りを自覚してはいても、その使い方を知らないでいたのは間違いない。

確かに見るからに、詰め襟の学生服が似合わぬ、そもそも学校という、集団生活の規律に縛られた場所にはふさわしくない存在だった。

短く刈り上げた髪は、ふれると痛みを覚えそうなほどに硬く黒々としている。制服の上からでもわかる厚い胸板と広い肩幅、高く形のいい鼻と、くぼんだ眼は、外国人の血が混じっているのではないかと噂《うわさ》されていた。薄い唇は、いつも何かを嘲笑《ちょうしょう》するように右の口角があがっている。留年して年が上のせいだろうか、その頃、私たちの多くが悩まされていた吹き出物もその顔には見当たらない。色黒ではないが、血色のよい艶《つや》のある肌をしていた。

「経験者」であると聞く前から、柏木は我々とは違う空気を発していたため、経験済みと聞いても驚きはしなかった。

クラスの大半の者が柏木を羨《うらや》んでいただろうが、私はそうではなかった。私は誰にも告げたことはなかったが、生まれてこの方、女という生き物に興味を抱いたことがなかったのだ。昔から女は当たり前のように周りにいて、母や家政婦たちに溺愛《できあい》されていたせいだろうか――そうも考えたが、そのことと性的な興奮を覚えないということとを結びつけるのは強引な気もする。

私の肉欲が高まり、肉のついていない白い足の狭間《はざま》にある柔らかな怪物が硬度を持つとき、私の脳裏に去来したのは、柔らかな女の肉体ではない。子どもの頃、美術図鑑で見た、殉教者の絵だ。

筋肉を骨に纏《まと》わせた白い身体に苦悶《くもん》と陶酔の表情を浮かべ、皮膚のところどころから血を流す、あの少年。肉体を供物《くもつ》にして神のもとに向かうその姿。私は何度、あの少年の絵で白い液体を手に零《こぼ》しただろうか。

柏木を見たときの私の戸惑いは、あの、私が焦《こ》がれ続けた殉教者の姿をそこに見たからだ。彫りの深い顔立ち、退廃的な空気を身に纏い、欲望のありかを知っているとしか思えない嘲笑を口元に浮かべた、あの男。

「溝口」

柏木が私の名を最初に呼んだのは、彼と同じクラスになって一週間ほど経った頃だろうか。私は自分でも恥ずかしいほど内心うろたえた。柏木に私という人間が認識されているのを知り、喜びと困惑がせめぎ合い、どんな表情をしていいのかわからなかった。

「溝口、今朝、下宿の近くでお前を見かけた」

よりによってこの男に目撃されていたであろう、無防備な自分の姿がひどく間抜けに思えて動揺した。

「ならば、声をかけてくれたらよかったのに」

私は必死に平静を装った。

「真面目《まじめ》な顔をして歩いていたから、声をかけづらかった。俺は最近、あの辺りに越してきたんだ。婆《ばあ》さんが大家で、飯も作ってくれる学生下宿だ」

柏木が、何かの不始末で学生寮を追い出されたというのは小耳にはさんでいた。きっと異性問題だろうと皆が噂していた。

「近所に同じ組の人間がいるのは、何かと助かる。溝口、友人にならないか」

柏木が、またあの右の口角をあげたままの表情で、私の前に手を差し出してきた。

私はまるでその手から出た糸に溺めとられたかのように右手を出すと、柏木がそれをぎゅっと握った。

「ひとり暮らしは何かと不便だろう。困ったことがあれば言ってくれ」

私は精一杯、「男らしく」振る舞おうと努めた。思いがけぬ柏木からの接近に戸惑っていた私は、そうやって、元来の自分にはないものをあるかのごとく見せようとしたのだ。

柏木の手が、私の手を握る。私の青白い手を覆《おお》う、大きな手。顔だけでなく、手も血色がよく艶があり、指に毛が生えて節くれ立っていた。私は自分の手のひらが汗ばんでいないかどうかが気になった。柏木にふれられて、緊張し身体が熱を帯びているのがわかったからだ。

「それは心強い。家にも遊びに行かせてくれ」

柏木はそう言って、私の手を離した。

肉体など、しょせん魂の宿り木に過ぎない、などとは思えない。肉体こそが人間の精神、存在そのもので、個性もそこにしかないのだと私は常々思っていた。

そう思ったのは、私が人よりも情けない肉体の持ち主であるからこそだ。それゆえに私は持てる者に焦がれ、同時に嫉妬し、私の少年時代は常にその相反する思いに支配されていたと言っていい。

柏木の出現は、私にその痛みを自覚させ、身を引き裂かれる思いを味わわせるものだった。それまでぼんやりとしか認識していなかった自身の理想を具現化したものが柏木だったからだ。

あの光景は、長い間、目に焼き付いていた。柏木と近所だということがきっかけで言葉を交わす回数も増えた頃の体育の授業だった。

背が低く腹の出た、およそ自身は動きが鈍いであろう折原という体育教師は、いつも生徒に手本を演じさせた。もっとも私は女のように華奢《きゃしゃ》な肉体の見た目に反せず、腕力も体力も貧弱だったので、傍観者にすぎなかったし、折原も私に無理強いすることはなかった。

それでも私にとって体育の授業とは、他の生徒たちとの差異を思い知らされる、決して愉快とはいえない時間だった。机に向かう勉強ならば、私は優等生でいられたけれど、体育の時間だけは人より劣っていることを衆人環視の場で曝《さら》け出さなければいけなかったのだ。

「お手本を見せなさい」

その日の授業は鉄棒だった。折原は、柏木の名を呼んでそう指示した。

柏木はおもむろにジャージを脱ぎ、Tシャツ姿になった。真っ白な、新品のようなTシャツ。

「溝口、これ頼む」

柏木は振り返り、あの不遜な笑みをたたえ、なぜか私に脱いだジャージを渡してきた。私は受け取って両手でそのジャージを抱きしめる。

身体にはりついたTシャツの半袖を肩の上までまくりあげると、柏木の筋肉質な腕が太陽の下で一層露《あら》わになった。鍛えているに違いない、美しく盛り上がった筋肉に隠れた腋《わき》には薄《うっす》らと生えた毛がそよいでいる。日焼けをすると、きっとさらに光沢を増すだろう。思ったよりも細身だと感じたのは、その広い肩幅のせいだ。細身と言っても、私のような身体とは大違いで、骨を守るように筋肉がついている。

柏木は鉄棒に近づき、膝《ひざ》を曲げ、砂を手にしてまずすり込み、次にパンパンと音を立てて払う。手の厚みを感じさせる小気味よい音が響いた。

鉄棒は、柏木より頭ひとつ上の高さにあった。私ならば、ぶら下がるので精一杯だ。柏木は大きく息を吸い込んだ。同時に、胸板が膨らむ。そこで私はTシャツを突き破るかのように屹立《きつりつ》した胸の突起に目をやらずにはいられなかった。柏木は、その部分も立派なのだ。私の小さく柔らかい突起と同じものとは思えない。

「よし」

柏木はそう声に出すと、両腕を挙げ鉄棒を握った。顎に力を入れ、息を吐きながら、柏木の足が宙に浮く。

私は思わず声をもらしかけ、抑えるために両手に抱いていた柏木のジャージを握り締める。おそらく、同じクラスの仲間たちも、見ていたところは同じだろう。

あからさまになった柏木の腋の下は、黒々と毛が繁《しげ》っていた。生えるというよりも、繁るという表現が相応しい。まるで自分が男であることを誇るかのように、男の性を祝福するかのように激しい生命の力を見せつけていた。

彼は歯を食いしばり、腕の曲げ伸ばしを繰り返し、懸垂をやってみせた。腕が動く度に、繁みが見え隠れし、汗のせいか一本一本の毛が太陽の光に反射して輝いているようにも見えた。

私は、柏木のジャージを腹のところにあてた。

勃起《ぼっき》していたのだ。柏木の、誇らしげな腋の光景によって。

見られてはならぬ、気づかれてはならぬと、私はジャージで隠そうとしたのだが、そのジャージが柏木の肉体を包んでいたのだと考えると、知らず知らずのうちに強く股間に押しあてていて逆効果になってしまった。

敵わない、絶対に敵わないと思うと同時に、激しい嫉妬の感情が湧いて私の身体を雁字《がんじ》搦《がら》めにした。

「よし、もういい」

折原がそう言うと、柏木は砂場の上に勢いよく降り立って、大きく息を吐いたあと、私のほうへ近づいた。

私が黙ってジャージを渡すと、柏木は「おう」とだけ口にして、さきほどまで私の屹立した股間を守っていたジャージを身に着けた。

柏木から「家に行っていいか」と言われたのは、体育の授業の二週間ほどあとのことだった。

授業を終え、教室を出たところで呼び止められたのだ。

「なぜだ？」

「近くに住んでるから一度、訪ねたいと思っていたんだ。今日でなくてもいいよ。俺はひとり暮らしだし、溝口は立派な家に住んでいるそうだから興味がある。というか、お前の家、俺知ってるんだ、目立つからな」

そう言われて、私は恥ずかしくなり俯《うつむ》いた。官僚の父だけでなく、一族も政府の機関で行政に携わるものが多く、世間から見たらいわゆる名家だった。私の家は父が祖父から受け継いだ土地に建てたもので、本館は和風だが私の住む離れは洋館になっており、確かに柏木のいうとおり「目立つ」ものだった。

子どもの頃から住み込みの家政婦は数人いて、私の家庭教師も担《にな》っている母方の親《しん》戚《せき》の女性もいた。母は家事をする必要がなく、観劇などで家を空けることも多く、優雅な生活であったのだ。けれど当時、私はそれを恥ずべきこととしてとらえていた。そのような家で何不自由なく育ったから、このような脆弱な肉体と魂を持つことになったと思い込んでいたのだ。

「明日なら……」

「よし、じゃあ明日な」

私が心の準備をするためにそう告げると、柏木は何か楽しい遊びを見つけたような晴れやかな表情で言って帰っていった。

「おい、溝口」

同じ組の男が、柏木の姿が消えるのを待っていたかのように、私に声をかけた。

「気をつけろよ」

「え」

「柏木は、ずいぶんと遊んでいるという噂だ。寮を追い出されたのも、留年したのも、酒場の女や人妻と揉《も》めたからだと聞いたことがある。お前の家は、若い家政婦もいるだろう。お母さんも、まだ若いはずだ」

「ああ」

確かに、家政婦の中にはまだ二十代の娘が手伝いに来てくれてもいた。母は身なりに気をつかっているせいもあり、美貌が近所でも評判だった。

「何か目的がないと、家に遊びに行くなんて言わないだろう。気をつけろよ」

私は級友のその言葉に、大いに納得する一方で、失望もした。

柏木は私とは違うのだ、と思い知らされた。

欲望の矛先を向けるところが、違うのだと。

そう考えると、少しだけ重荷がとれたような気がした。


翌日、授業が終わると、柏木は私のところにやってきた。ふたりで校門を並んで出て、私は他の生徒の視線が気になってしようがなかった。大人の肉体と精神を持つ柏木と私が並んでいるのは、あまりにもアンバランスで、私の欠陥が際立《きわだ》ってしまうのではないかと。私はそのように、いつも自意識過剰だった。それは、成長し、逞《たくま》しい肉体を手に入れてからも変わらなかった。常に人からどう見られるかを気にし、それゆえに、作家になってからは、「かくあるべき理想の像」を作りあげたのだ。

　私と柏木は家までの道すがら、学校の教師の話など、たわいもない話をしたが、ふと柏木が自分の家族の話をしはじめた。

「俺も家は東京なんだよ」

「そうなんだ。以前は寮に入っていたと聞いたから、てっきり地方の出だと思っていた」

「下町だ。溝口の家ほどではないが、古くから商売をやっていて、そこそこ裕福だ。だけど母が亡くなって、後妻が来てから、いろいろあって追い出されたようなもんだ」

　私は初めて、柏木に同情心を抱いた。強く、誇らしい肉体を持つ、傲岸不遜《ごうがんふそん》なこの男にそんな過去があったのだと、少しばかり優越感を抱いたのかもしれない。

　同情という感情は、優越感を伴うものだ。

「後妻と俺が、そういう仲になったから、父親が許さなかった。安定した暮らしができるからと嫁に来たはいいが、親父《おやじ》じゃ物足りなくなったんだろうな」

　柏木が楽しげにそう言ったので、私はさきほどまでの優越感も同情も吹き飛んだ。

「溝口は女を知っているか」

私がおそれている問いを、柏木が口にした。

「たいしていいもんじゃない」

私の答えなど最初からわかっていると言わんばかりに、続けてそう言った。

「いいもんじゃ、ないのか」

「知らないほうが、女はものすごくいいもので、素晴らしいと憧《あこが》れていられるから幸せだ。少なくとも、俺は、そんなにたいしたものだとは思わない。臭い、脂肪の塊に過ぎない。女は臭いんだ。身体もだが、何より女の精神が悪臭を発している」

ならば、どうして女を抱くのか——私はその問いを呑《の》み込んだ。

そうこうしているうちに家に着いた。玄関では、私が生まれた頃からいる、私の祖母に近い年齢の家政婦が出迎えてくれた。

私は柏木を連れて、私の部屋がある離れの洋館に入る。

「今日は、母は帰りが遅くなるんだ」

「へぇ」

「ピアノのコンサートでね。母は趣味でピアノを弾くんだけど、聴くのも好きな人だから」

そう言っても、柏木は母の話には興味が無さそうな様子で、私に安堵《あんど》をもたらした。家政婦が紅茶とケーキをテーブルの上に置いて出ると、柏木とふたりきりになる。

「この家は、君ひとりのものなのか」

「そうだ。妹がいるが、まだ子どもなので両親の近くじゃないと眠れないらしい。でも、家と言っても、この居間と、二階に自室兼寝室があるぐらいだ」

「妹がいるのか。家政婦はさっきのおばあさんだけなのか」

「妹は今日は母と一緒に出かけている。家政婦は今日はあのおばあさんと、おばあさんの孫娘がたまに手伝いにきてくれる」

柏木は紅茶のカップに口をつけた。

「このケーキ、美味《うま》いな」

「これは母の手作りだ。昼間に作っていったみたいだ。好きなんだよ、こういうのが」

「ブルジョアだな」

柏木の冗談めかした言葉が皮肉だということぐらい私にもわかったが、何も返答できず赤面した。ブルジョア、上流階級であることは否定できない。

「君は将来、何になるのだ」

ケーキを平らげ、柏木がそう聞いてきた。

「父親は官僚だと聞いた。君もそうなるのか」

私はそのとき、ひどく歪《ゆが》んだ表情を浮かべた覚えがある。学校の成績はいいし、親も教師も親戚も、私がそのまま成長し、父と同じ道を行くのが当たり前のように思っているのは知っていた。私自身も、その流れに抗《あらが》おうとは思わなかったし、自分のような非力なものに抗う力などないと思っていた。

けれど、ここで柏木の言葉に頷くことができなかったのは、私が何かしら自分の人生に対して疑問を抱いていたからだろう。

「わからない」

「けれど、教師や両親は、そうなって欲しいと願っているだろう」

「そうかもしれないけど……まだ、わからない」

その頃の私には、将来の目標など全くなかった。自分は何者でもないと卑下してもいたから、考えることを放棄していたのだ。

「柏木はどうなんだ？」

「俺か？　俺は何も考えてないな。女に食わしてもらうのが理想的なんだが」

私は目を丸くして驚いた表情を浮かべる。

「冗談だろ」

「冗談じゃないよ。だって、楽じゃないか。働くのはめんどうだ。君の母親だって、父親に食わしてもらい、優雅な生活を送っているだろう。それを男がやって何が悪い」

柏木の口調はやはり嘲笑しているかのようで、冗談にしか聞こえず、違和感を禁じえなかった。

「でも、君は女を、そんないいもんだと思わないって」

「だからだよ。好きではないから、罪悪感なく利用できる。……ケーキも紅茶も美味かった。次は君の部屋を見せてくれないか」

柏木は私に考える隙《すき》も与えず、そう言って立ち上がった。

私も慌《あわ》てて立ち上がり、二階に上がる階段に「こっちだよ」と柏木を導く。

「どうして僕の部屋なんか見たいんだ」

私は階段の途中で振り返り、そう聞かずにはいられなかった。柏木がこの家に来てから、期待とも恐怖ともつかぬ感情に襲われていた。そもそもなぜ、柏木は私のようなものに興味を持ち、家まで訪れたのだろうか。

「そっちのほうがゆっくりくつろげるじゃないか。鍵《かぎ》はついているんだろう」

私は頷いた。

階段を上がりきり、私の部屋のドアを引く。

「広いな」

柏木が感嘆の声をあげた。

畳十畳分はある。勉強机と、円形のテーブル、そして大きなベッドと洋服だんすがある。

「やはり君はブルジョアだな。まるでホテルのようだ」

「母親が西洋趣味なのでね。そのくせ自分は父の意向で和室に寝ているんだが」

柏木はどさりと音を立て、家政婦により整えられたベッドの上に腰をおろした。仕方なく、私はその隣に、少し距離を置いて座る。

「俺の今の下宿は四畳半だ。それで十分だと思っていたが、こういう部屋を見ると羨ましくなるな」

柏木の言葉に私は恥辱を覚えて再び赤面した。ブルジョアだと指摘される度に、昔から私はそうなるのだ。身に余るものを持ち過ぎだと言われているようで過剰に反応してしまう。

「失礼」

柏木はふいに、学生服の上を脱いで、ランニング姿になった。

「シャツは着てないんだ。暑いから」

柏木は笑った。

「君もそんな堅苦しい格好はよせよ、自宅なんだから」

そう言うので、私も学生服の上を脱ぎ、立ち上がってハンガーにかけた。

「シャツも脱げばいい」

躊躇《ため》いを抱きつつ、私は背を丸めてシャツの襟元に手をやった。私は柏木とは違うのだ。細く青白い腕や薄い胸板を曝け出すのには抵抗がある。

「何を恥ずかしがっているんだ。男同士じゃないか」

柏木はふいに私の肩を抱き、一瞬でベッドに押し倒した。私は柏木の身体がかぶさってきた瞬間、全身の力が抜け、抗うこともできずにされるがままになった。

「あ――」

やめろと言いたかったのに、口から出たのは、まるで女のようなか細い声だった。

柏木は抵抗しない私のシャツのボタンを手早く外し、首筋に顔を埋める。柏木の匂《にお》いが、私の鼻腔《びこう》に乱暴に入ってくる。汗と、煙草《たばこ》の匂い――このとき、初めて柏木が喫煙していることを知った。

「や、め」

柏木の唇が私の首筋に吸い付いて、私はなんとか抵抗の声をあげる。しかし身体は動かない。力を奪われ、思うようにならない。どっちみち、力では柏木に敵うわけがない。

「溝口、お前――」

私の首筋に顔を埋めて柏木が、いったん顔をあげて私を見下ろしていた。

あの嘲笑するような表情で口を開く。

「俺のこと、ずっと見てるよな」

私は目を逸《そ》らそうとするが、柏木の強い視線がそれを許さない。両腕は抑えつけられており、逃げ道も断たれている。

「ち、違う」

「何が違うんだ。最初から、お前はずっと俺を見てた。だから、俺の方から友だちになろうって言ってやったんだ。今日、家に来たのだって、お前が来て欲しがっていたからじゃないか」

「違う――」

「違わない。全てお前が望んだことだ」

柏木は、私のシャツとランニングを一気に脱がした。

「ああっ！」

私は自分でも恥ずかしくなるような声をあげて身をよじった。柏木は自分もランニングを脱いで、上半身裸になる。初めて見る柏木の乳首は、私の日ごろの想像通りはっきりと屹立していて立派なものだった。そして、胸の間には薄らと毛が生え、腋にはあの体育のときに私の目に焼き付いた鬱蒼《うっそう》とした毛が繁っている。

「溝口、女との経験はあるのか」

柏木がまた聞いた。私は答えない。あるわけないだろうとでも言えばいいのだろうか。

「立派な家で、母親は若くて美しく、家政婦たちに囲まれて暮らしていると聞いて、不幸だと思ったんだ。さっきも言ったが、女なんてたいしていいもんじゃない。いや、それどころか、女は嫌いだ」

「……女が、嫌いなのか」

「ただ、俺は女を抱く。俺は女に好かれるし、俺も女を抱くのは嫌いじゃない。いや、むしろ好きだ。女を組みしいて、普段すましているその仮面を剝《は》ぎ取り、むちゃくちゃにしてやることに悦《よろこ》びを見出《みいだ》している。いいか、溝口、人は誰でも仮面をつけて生きている。欲望をあからさまにしてはならぬと、仮面でその身を守っている。特に、女はそうだ。自分を綺麗《きれい》な生き物に見せたいんだ。それが、俺はひどく憎らしい。だから女の仮面を剥ぐために、女を犯す」

理解できなかった。人は誰でも仮面をつけて生きている——それは、そうだろう。私だってそうだ。そうしないと世の中から弾き出されてしまうではないか。そのことに私は憎悪《ぞうお》の気持ちなど持たない。

「溝口——お前をこうするのも、女を犯したくなるのと同じ気持ちからだ。お前の仮面を剝ぎたかった。優等生で、そのくせ、皆と同じ人種だと自分を偽って生きている。お前は俺をいつも見ていた、俺に欲情していた。そのくせ必死に取り繕って俺を見下そうとしていた。お前は男という仮面をつけているだけで、男じゃない。そんなお前の仮面を剝いでやりたい」

私が喉《のど》の奥から声を出したのは、柏木の唇が、私の薄い胸に添え物のようについている突起にふれたからだ。そこに、そんなふうに口づけされるのは初めてだったし、自分でふれることも滅多にない。

「ぁあっ‼」

私はたまらず身をのけぞらした。

ざらついた舌が、下から上へと舐《な》めあげるのを繰り返す。

柏木が笑った気がして、私はいたたまれなくなるけれど、さっき以上に力が入らない。

「可愛い声だな」

柏木が口を尖《とが》らせて突起を吸い始めると、私はまた声を発してしまった。

「人が来たら困るだろう」

そう言って、柏木は私の口を手でふさいだ。柏木の手は鉄の味がして、私はあの懸垂のときに柏木のジャージで自分の股間を押さえたのを思い出した。

「乳首が感じるんだな。いやらしいやつだ」

柏木が私の突起を吸う度に、私の腰が浮く。手で口を押さえつけられているから声が出せないが、むしろそうやって柏木に組み伏せられていることに興奮していた。

「あたってるよ、もうこんなに硬くなって」

柏木に言われずとも、十分にわかっていた。私の足の間の欲望の肉の塊は、はちきれんばかりになって柏木のたくましい太ももにふれている。

柏木は私の口から手を離し、身体をずらして私のズボンと下着をまとめて引きおろして足首から外した。

「やめてくれ……」

私は顔をそむけて目をつぶる。全てを曝け出してしまうのに耐えられなかった。柏木の立派な肉体の前に、私の貧弱な身体が露《あら》わになる。まだ日は高く、部屋は明るい。あばらが浮き出た薄い胸も、ほとんど陰毛が生えていない性器も、柏木に見られている——。

「意外に大きいな」

私は涙が出そうになった。

そうなのだ。背も低く弱々しい身体の割には、大きい気がしていた。今まで比較する対象がなかったが、柏木が大きいというならば、実際そうなのだろう。

私は、そこだけは「男らしい」のだ。

だからこそ、恥ずかしくもあった。不似合いなものをぶらさげているとしか思えず、それを憎んだ。憎み過ぎて、ふれずにいられなかった。毎晩のように、柏木のことを思って、そこを弄《もてあそ》んだ。

全て柏木に見透かされているような気がした。

柏木の言うとおりだ。私がここに彼が来ることを望んだのだ。

「や、やめろ」

自分の声のか細さに情けなさがこみあげてくる。柏木の手が、反り返った私の肉の棒にふれたのだ。人差し指と中指で先端から溢れる透明の液体を掬《すく》い取り、そのまま口にする。

「溝口の味がする」

柏木は自らもズボンをおろし下着を脱ぐ。引き締まった腹の下に、腋と同じく黒い毛が渦巻いており、その森を突き破るように私と同じものが屹立していた。

「お前のほうが、少し大きいか」

意外なことに、そうだった。頭の部分だけは、柏木のものは私のより、少しばかり細かった。長さはおそらく変わりはしないだろうが、私のものは先端に行くにつれ太くなっているのだ。

柏木は私の上にもう一度覆いかぶさると、私の唇を塞《ふさ》いだ。舌が私の歯の間をすり抜けるようにゅるりと侵入して這《は》いずり回り、口の中の壁にこすりつけられる。

「これもはじめてか」

柏木が口を離して聞くので、頷いた。接吻《せっぷん》など、経験はない。

もう一度柏木が唇を塞ぎ、そのまま円を描くように私の腰の上で自分の腰をうねらせる。何をしているのか最初はわからなかったが、柏木の肉の棒と私のものが重なり合い、こすれているのだ。

「溝口、どうだ。気持ちいいだろう。こんなに気持ちいいものはないんだ。世間の奴らは、普段はいやらしいことなど考えぬ風に、すました顔をして上品ぶって生きているが、陰では誰もがこんなことをやっているんだ。お前の両親もな」

柏木はそう言うと、汗ばんだ私の身体のあちこちに舌をそわせ、また甘噛《あまが》みをするように歯をあてる。

「や――」

「お前はどこもかしこも感じやすくて、いい反応をする。いじめがいがある。もっといろんなことをお前にしてやりたいなぁ。痛めつけて、泣かせてやりたい」

「いやだ……」

「口ではそう言うが、お前は痛みが好きなのだ。心の痛みも、身体の痛みもな。お前はいつか、自分を痛めつけて死ぬだろう――」

柏木は言い終えると、唇をそのまま下に這わせて、右手で私の肉の棒をつかんだ。

「やめろ、そこは」

「どうしてここだけ立派なんだ」

「それは、わからない」

「いい家のお坊ちゃまで、愛されて守られて、将来は官僚か。ついでにここも立派とは、いいご身分だ」

私は恥ずかしさに涙がこみ上げてきた。違う、違う、そうじゃない——と叫びたかった。確かに人から見たら私は恵まれた境遇で、何不自由ない生活をしている。けれど、私の欲しいものは、私が持っているものではないのだと。

「俺はお前に嫉妬するよ。俺は父親にも見放されてるし、友人も俺をこわがって近づかなくなってしまった。後妻は、俺を自分の性欲処理の手段としか見ていない」

でも、お前には、その肉体があるではないか。

美しく逞しい、神のような肉体が——そう言いたくてしようがなかった。

生命の輝きを放つ肉体が、お前を尊い存在にしているのに。

柏木は私が一番おそれていたことを仕掛けてきた。私の肉の棒を摑《つか》んだまま、そこに唇をあてたのだ。

「うわっ！」

私の腰が浮く。

「声を出すなって。こんなところを見られて困るのは、お前の方だろう」

私は母や妹や家政婦の顔を思い浮かべ、必死に歯を食いしばった。

柏木は舌先で、先端をつついたあと、奥まで肉の棒を呑み込み吸い上げる。

「……」

私は、もう声にならない息を漏らした。

柏木が根本を指で押さえたままくわえ、頭を上下に動かす。私は何をされているのだろうか――このような行為があるのはもちろん知ってはいたけれど、まさか柏木にされるとは夢にも思っていなかった。

じゅぼじゅぼと聞こえてくるのは柏木の唾液《だえき》が溢《あふ》れている音だろうか。私は全身の力が抜け、柏木に身を委《ゆだ》ねるしかなかった。

股《また》の間から一直線に頭のてっぺんまで槍《やり》に貫かれたような感覚がある。

柏木は片方の手で私の睾丸《こうがん》をつかんで軽くひっぱり、私はひぃいと声をあげた。

「やはりお前は、痛めつけられるのが感じるんだよ。これはどうだ」

柏木は肉棒から口を離し、睾丸にふれていた指を、私の双臀《そうでん》の谷間に滑り込ませた。

「やめろ」

まさかと思った。まさか、そこは――。

「大丈夫だ。ゆっくりやるから」

柏木は自分の指をくわえ、唾液を絡《から》ませる。

おそろしいことが起こる予感がした。けれど身体《からだ》は動かない。期待しているのだろうか、それとも恐れのあまり動かないのであろうか。

柏木が再び私の肉の棒を口にしたまま、指を這わせる。指の先が排泄《はいせつ》の穴にふれて、一瞬のこそばゆさのあとにむず痒さを覚えて身体が震えた。

「力を抜け」

柏木に言われる前に私の身体の力は奪われていた。今まで何も入れたことのない小さな穴の周りを這い回る男の指に、なすすべもなかった。

「ひっ……」

少しばかり異物が入ってきた感触があり、私はのけ反る。

柏木が頭の動きを激しくすると、一瞬の痛みもどこかへ消え去り、身体が宙に浮いたかのように感じた。そうして下腹部の一点に全《すべ》ての神経が集中し、柏木の指の動きから伝わる振動を無意識に享受《きょうじゅ》していた。

あれはなんというべきか、今に至っても相応《ふさわ》しい言葉が見つからない。法悦の境地とでもいうのだろうか。私は後に、様々な哲学や宗教の本を読み、宗教者とも会う機会があったが、彼らから修行により超意識を得た体験を聞かされる度に、このときの感覚を思い出さずにはいられなかった。

結局のところ、人間は思考力を失ったときに、この世の真理に辿《たど》りつくのだ。修行という名の過酷な肉体酷使によってであろうが、性的な行為によってであろうが、おそらく同じだ。私の場合、それは、柏木の指と口による刺激であった。

柏木は指をゆっくり出し入れしたまま、頭を上下に動かし、唇で私の肉の棒のカリの部分を刺激する。

「あ……うぅ」

身体が限界を訴えていたが、私は言葉を発することができないでいた。唇から涎《よだれ》が垂れているのもわかっていたが、拭《ぬぐ》う力もない。

ただ柏木は私の様子で察していたのだろう。動きを速め、心なしか唇に力を入れ締め付けて絞り出そうとしているように思えた。

私が夜ごとこのベッドの上で行っていた自慰行為の際は、自身の意思で制御できたが、今はその意思の力が柏木によって奪われているのだ。

「やめて――だめだ――柏木――」

私は柏木を驚かせぬように、必死に言葉を発した。柏木の口の中を汚してはいけない。柏木は口を離しはせず、了解したとばかりに、私の肉の棒を吸い込んだ。

「あ――」

私は喉から声をあげると同時に、内臓の躍動を感じながら、ただ柏木の口に吸い取られるがままに体内から液体を放出した。柏木は躊躇《ためら》わずにそれを呑み下し、喉を鳴らす。括約筋は柏木の指を締め付け、肉の棒は波打つように数度、放出を繰り返した。私は身体中の液体を柏木に吸い取られたかのように、力を失い、そのままぐったりとベッドに沈んだ。

「甘い」

柏木がそう口にした。

「お前のは、甘い味がする。食べ物のせいかな」

柏木はいつのまにか指を抜き、私の隣に寝転がっている。

私は言葉を発しようとするが、まだ息が荒く、鼓動が激しい。

柏木が手を伸ばし、私の顎をつかんで自分のほうを向かせた。私がそれまで見た柏木の表情の中で、一番残虐《ざんぎゃく》な表情だった。力により征服し、支配してやったのだという王者の顔だ。私はこれほどまでに美しい男の顔を見たことがなかった。

「溝口」

そのとき、はじめて柏木も息を荒くしているのに気づいた。

「俺はな、将来、どこかで野垂れ死ぬだろう。ろくでもない死に方しかしないだろうと、俺と関わる人間は、皆、そう言う。それでもかまわない。決められたレールの上を歩いて、優等生のまま大人になって死ぬなんて、そんなつまらない人生を送るぐらいならば、人に罵倒《ばとう》され非難されて死ぬほうが美しいと思わないか、なぁ、溝口」

私は、ほとんど反射的に頷いた。

「だから、お前は官僚になんかなるな。お前ごときが、お国の下僕になっても、やれることはない。お前のような弱々しい、こうして簡単に男に組み敷かれ、尻《しり》の穴に指を入れられて女みたいな声を出す男は、詩でも書いて優雅に暮らせばいい」

「詩？」

「人を惑わして生きていけばいい。詩でも小説でも何でも——お前は、一生、その仮面を脱ぐ勇気などないだろうから、その仮面のまま虚構をつむいで生きていけ。せいぜい、身の程をわきまえて生きていけばいい。どちらにせよ、お前も俺も、長生きはできない気がする」

柏木はそう言って、私の顎を親指と人差し指でつかんだまま、憎々しげに唾《つば》を吐きかけた。

私は蘇《よみがえ》った欲望を鎮めることもなく、ただ静寂に身を浸して短刀を握ったまま目をつぶり、己の心を見つめていた。

私の後ろにいる幸彦も覚悟ができているのか、落ち着いているようで呼吸の音も静かだ。

柏木はあのあとしばらくして、退学になった。素行不良が理由だと聞いているが、学年主任の妻を無理やり犯しただの、退寮になった後も寮に出入りして複数の男子学生と関係していただのと、様々な噂《うわさ》が駆け巡った。それきり会うことはなかったが、私が大学を卒業する前に、同級生から亡《な》くなったと聞いた。

柏木は自らが予言していたような野垂れ死にではなく、肺の病で、最期は手厚く両親に看取《みと》られたのだった。

私はその報を聞いたとき、少しばかり軽蔑したのだ。つまらない人生を送るならば、人に罵倒され非難されて死ぬほうが美しいと思わないか――柏木はそう言ったが、その死にざまは全く違ったではないか、と。今になって思うと、後妻に迫られ父に捨てられたという話も、柏木の虚言のような気がしている。思春期の少年にありがちな、虚勢を張るための妄想であると。私が嫉妬《しっと》し羨望《せんぼう》した柏木という少年は、ごくごく平凡な、少しばかり背伸びしていた男に過ぎなかったのだ。

柏木は私のような弱々しい者は何もできないから、詩でも小説でも書いて人を惑わして生きればいいと言った。柏木の予言で当たっていたのは、のちの私が実際に小説を書いたことだ。並行して肉体を鍛え精進し、過去の私とは似ても似つかない「私」という存在を作りあげた。

私は柏木の言う虚構を描き、小説家の私自身もいつしか虚構の存在となった。それが私の仮面だったのだ。脆弱な私の精神を覆い隠す仮面だ。

そして私が小説を書き続けた動力は、自身の劣等感ゆえの欲望だった。私は欲望を糧に私の生きている証を残した。

しかし、全てを手に入れ、抗えぬ老いを意識した頃に、あれほど私を駆り立てていた私の欲望は消え去ってしまった。

そして私は小説を書けなくなった。

私は柏木の言った「お前には仮面を剝ぐ勇気などないだろう」という言葉を心のうちで反芻《はんすう》する。確かに私は結局、何もできなかったのかもしれない。敬愛する作家の死を真似たところで、私は伝説になどなれない。それでも、かまわない。こうして自ら死を選択することで、私は私の仮面の人生を完成させられるのだから。

柏木、お前は、私に嫉妬するだろう！　お前ができなかった死に方を遂げる私に。

私は刃《やいば》の先端を腹にあて、大きく息を吸い込んだ。

幸彦が私の首を刎ねようと刀を持って背後に立っている気配に、私の下腹部が緊張からなのかさらに熱を帯びる。男根が柏木の唇に含まれたあのときの記憶が蘇ると同時に、大きく息を吸い己の肉体に刃を突き立てた。

あとがき

「よくもまあ、それだけずっとセックスのことばかり考えていられるなって感心するわ」

私のTwitterを見ている男の友人に、呆《あき》れたように、そう言われた。別の男性には、「あなたの書くものを読んでいると、本当にセックスで頭がいっぱいなんだなと思います」とも言われた。

小説家になりたくて、いろんな新人賞に応募し、たまたま官能小説の賞を受賞して、思いがけず官能小説を書くようになって、セックスのことを、いやらしいことを考えるのが仕事になったから……と、自分にも他人にも言い訳をしているが、私も、毎日、これだけセックスセックス言ったり書いたりできるものだと、ふと我に返ると頭がおかしいんじゃないかと思うし、ときに自分でも自分が気持ち悪い。しかも、もう四十も半ばの、もうすぐ閉経するんじゃないかというような女が。他人から呆れられたり、怖がられたり、嘲笑《ちょうしょう》されることもよくある。いつから私はこんなになってしまったのだろう。

けれど考えてみれば、自分は変わらない。小学生の頃、少年漫画をきっかけに性に興味を持つようになった。ネットのない時代、漫画もだが、小説でもセックスを匂《にお》わせるものを好んで読んでいた。中学生の頃は、図書館にある日本文学の名作といわれるものを読んでいて、「学校で一番、本を読む子」として、全校生徒の前でスピーチをさせられた。「文学少女」だと感心されていたが、要するにスケベで、活字の中に性的なものを探すことに貪欲《どんよく》だっただけだ。私が小説家になったと知った、子どもの頃から私を知っている同級生やその親たちは、「昔から、本をよく読む子だったね」と好意的に言ってくれるけれど、そんな立派なもんじゃない。文学と呼ばれる小説は、私にとってはエロ本みたいなものであったのだから。

日本の近代文学の名作には直接的な描写がほとんどないから、想像力を発揮して官能を読み取っていた。おかげで妄想が掻《か》き立てられ、後に小説を書くとき役に立ったし、学生時代、国語の成績だけはよかった。

とか何とかいくらでもいいようには言えるけれど、ただのスケベな女だし、やっぱり自分でも自分が気持ち悪い。男性経験がほとんどない二十代からアダルトビデオが好きで、AV雑誌を収集していて、今でも家にエロ本とAVが溢《あふ》れているのも、ふと冷静に自分の部屋を見渡すと恥ずかしい。未《いま》だに、そんなことばかりひとりで考えている自分が嫌になるし、罪悪感もある。もっと世の中の役に立つことを考えて生きたほうがいいんじゃないか、と。

近代文学を代表する文豪たちが書いた名作を元に、私の妄想をくわえて官能小説にしたものを集めたのが本書である。「文豪官能」と名付けて、様々な媒体に書いたものがこうして形になった。「文豪官能」を書こうと思ったきっかけは、アンソロジストで文芸評論家の東雅夫《ひがしまさお》さんが編纂《へんさん》された「文豪怪談傑作選」だった。様々な作家たちの手になる怪談のアンソロジーを読んで、怪談って、こんなにいろんな人が書いているものなのかと関心を持ち、そこから浮かんだのだ。子どもの頃から好んでいた小説を官能小説にしたらどうだろうか、と。文学作品の中ではたいてい抽象的に描かれているエロを、妄想力を発揮してあからさまに描いてみたい。そして「日本の近代文学って、こんなにエロいんです!」と、世間に訴えたら、読書人口がもっと増えるのではないか……と、考えた。

だって、エロいもの、セックスって、みんな本当は好きでしょ? ネットで直接的な画像を見るのもいいけど、活字のエロは頭の中で自分の好みにあれこれできるから、もっといいんですよ。そんなふざけた企画を、幾つかの媒体が許してくれ、こうして書下ろしをくわえて本になったことで、「こんなエロいことばっかり考えている自分はおかしいんじゃないか」と少女時代から鬱々《うつうつ》としていた私の人生も浮かばれるというものだ。

個々の作品についても、軽く説明しておこう。

「藪《やぶ》の中の情事」――芥川龍之介《あくたがわりゅうのすけ》「藪の中」

黒澤明《くろさわあきら》の「羅生門」の原作でもある、今昔物語集の中の一編を元にした「藪の中」では、夫の前で盗賊が妻を犯すが、三者三様当事者の言い分が食い違い、真実は明らかにされない。いや、そもそも真実なんて存在しなかったのだ。セックスだってそうだ。身体《からだ》を合わせて、好きだ、愛してると口にしても、心では全く別のことを考えていたり、後になって言い分を変えることもある。セックスという肌を合わせる行為は、時に心のすれ違いをうみだす。

「片腕の恋人」――川端康成《かわばたやすなり》「片腕」

官能小説家の睦月影郎《むつきかげろう》先生と対談したときに、男にはフェティシズムがあるが、女にはないという話になった。正確に言うと、男と女のフェティシズムの在り方は違うような気がする。もちろん全《すべ》ての女がそうではないが、女のフェチは特定の男に強く発動するのではないかと思い、原作とは男女を入れ替えて、女が、好きな男の片腕を手にいれたらどう使うのか、を書いてみた。

「卍《まんじ》の女」――谷崎潤一郎「卍」
フェティシズムといえば谷崎である。年をとり射精が困難になるほどに、セックスにおいて肉体そのものを愛おしむ傾向が強くなる。谷崎作品を読むと、欲望に忠実になれば反社会的な生き方にならざるをえないと思わされる。そしてフェティシズムをひたすら追い続けるのは、とことんエゴイストになることだ、とも。女性同士の交わりには射精の必要がないぶん、肉体の愛おしみに終わりがないため、描いていて楽しい。

「それからのこと」――夏目《なつめ》漱石《そうせき》「それから」
若い頃に読んだときは全くピンと来なかったが、三十を過ぎて再読して、とんでもなくエロいと驚愕《きょうがく》したのが「それから」だ。三千代が百合《ゆり》の花に顔を近づけるあの場面だけで、抑制したエロスが噴出してくらくらする。けれど私はどうしても、そこに女の作為を見てしまう。

「仮面の記憶」――三島由紀夫「仮面の告白」

中学生のとき、最初に読んだ三島作品が「仮面の告白」だった。「それから」もそうだが、セックスをするよりも、セックスしたくて我慢しているときが、多分、男も女も一番いやらしい。今回、久々に読み直してみて、前半に登場する鉄棒の場面の印象が強烈すぎて、後半の女性とのエピソードを完全に忘れていたことに気づいた。これは私が初めて書いた、男同士の物語である。

「花びらめくり」というタイトルの通り、この五つの性の物語の頁《ページ》をめくり、読者の皆様が、かつての私のようにいやらしい動機で日本の近代文学に興味を持ってくださると嬉《うれ》しい。

文学というと、堅苦しい感じがするが、描かれているものは、昔から一貫して人間の普遍的な欲望だ。その欲望の中でも、「性」という部分を私はどうしても見逃せない。

人間を動かす力の中で一番大きなものは性の力だと信じている。人を幸せに導きもするし、方向を間違えるとこれ以上ないほど危険なものでもある。性を飼いならすことはできずとも、自分の中にある性の形を知るために、「セックス」が描かれたものにはふれておいたほうがいい。自分の中の性欲や性嗜好《しこう》に罪悪感を持ち苦しまないためにも、多様な性を知って欲しい。

今はネットに露骨な性が溢れているけれど、妄想を掻き立てる活字のエロの楽しみを少しでも感じていただけたら幸いである。

花房観音

（平成二十八年七月）

解説

永田守弘

ここに収録されている短編それぞれのタイトルからは、日本文学史に名だたる大作家たちの有名な作品が思い浮かんでくる。とりわけ中高年の読者にとっては、中学生時代から親しみの深いものばかりだ。収録順に、芥川龍之介《あくたがわりゅうのすけ》、川端康成《やすなり》、谷崎潤一郎、夏目漱石《そうせき》、三島由紀夫。ストーリーや情景、写真で見た文豪の容姿を蘇《よみがえ》らせる読者もいるだろう。

花房観音《はなぶさかんのん》の作品は、デビュー以来、もともと文芸的な匂《にお》いが濃いので、いっそう連想を深くしてしまいがちになる。とはいえ、作品を読む前にこの解説に目を通してくださった読者には、なるべく文豪の名作との連想を抑えて読むことをおすすめしたい。それでも充分に文芸的な味わいが伝わってくる。『花びらめくり』という官能小説らしい書名に含まれた匂いと胸中で共生させるには、名作に引きずられすぎないほうがよさそうだ。

官能小説は、あえてパターン化することで、いくつにも分類できるが、その本来の効用として、ひたすら性欲を刺激することで男性読者を勃起《ぼっき》させ、女性ならば濡《ぬ》れさせるのを最優先に、といってもこれが一筋縄ではいかないのだが、ストーリーの展開よりも官能シーンの描写を念入りにするタイプがある。文体そのものを淫《みだ》らに掘り下げて、たとえばキスから挿入までに数ページ、挿入から絶頂描写までを数ページといった作品も少なくない。性戯は都合よく相手を替えて連続していく。

それとは対照的に、時代感覚や情景、ストーリー展開と人物描写にもウエイトをかけて、そうでないと情交シーンも深まらないというタイプがある。どちらが好きかは読者とそのときの気分、読み方にもよるだろうが、それによってファン層が変わってくる。

花房観音が、団鬼六賞への応募の決心をするまでは、「自分には男を勃起させるための小説を書く力はないと官能というジャンルは避けていた」と書いているのを読んだことがある。作家のなかには、そういう思い込みがあることが多いようだが、半面では官能小説を一度は書いてみたいという欲求を潜めていると告白する作家もすくなくない。

作家は、自分の作品を他人の目で読む習性が身についているから、それだけ官能シーンを書くむずかしさを知っている。そうではない作者が書くと、ひどいのはトイレの落書きのようになって反発を買ったり、まるで淫心《いんしん》を刺激しない文体になったりしがちだ。そして、ことに文芸的な感覚を大切にして書く作者は、初心のうちはまず失敗する。花房観音はそのことをよく知っていたから、ながらく官能小説を書くことを避けていたのだろう。彼女の才能をもってすれば、まったく不安はないと思えるが、その逡巡《しゅんじゅん》がまた官能作品に花を開かせたともいえそうだ。文芸的な匂いを発する文体で淫心をかきたて、股間《こかん》にも反応をもたらす作品を書くことは、修練だけでは達成できないところだろう。

花房観音の作品を読みはじめた当初、そのことには気づかなかった。第一回団鬼六賞大賞『花祀《はなまつ》り』は、引き込まれるように読み通して、有望な書き手が登場したとは感じたが、すぐまた小説の手法のほうに関心が動いて、不覚にも淫心の根深さはそれほど意識しなかった。花房観音というペンネームも、変わっているなと思ったにすぎない。

その後、ふと気づき、自分なりに分析しはじめた。花房の「花」は、いうまでもなく女性器の象徴である。この本のタイトルの『花びらめくり』にもそういう意味合いがあるのだろうが、官能小説の用語としては「花弁」「肉花」「花唇《かしん》」など一般的に使われている。「房」は乳房を連想させ、「房事」といえば男女の交合。「観音」はいうまでもなく女性器のことで、『広辞林』にも「婦人の陰部」という語釈が載っている。俗語では「観音様を拝む」といった使い方をされる。つまりは女性器そのものがペンネームだったことに気づいて、作品を読むたびに頭の片隅をかすめる。

この『花びらめくり』は文豪の名作に引きずられないで読めば、花房観音の女性器を持つ肉体ならではの官能が文体から滲《にじ》み出て、読者の淫心をじわっと刺激してくる。肉体の芯《しん》に充満した奥深い欲情を感じ、その欲情と一体化して読み耽《ふけ》るのが、あえていえば官能小説をこちらも肉体で味わう妙味といえる。

読後に、はたと振り返って、この短編集を読みごたえのあるものにしている要素のひとつは、「男」がよく描けているからだろうと気づかされる。女性なのにどうして、こんなに男性の心情や肉体感覚がわかるのだろうかと思えてくる。天性的なものから経験まですべてが作品に止揚されるのだろうが、男性が自分では日常的に意識しないものまで描き出して共振させてくれるのは心憎いほどだ。

これは突きつめると女性器の感覚ゆえではないだろうか。女性は男性と交わるときは肉体感覚はもちろん、男性の心身すべてを包容して感じ取る。日常でも男性の身のこなしや匂いから、女性器の感覚で察知することがあるはずだ。それが鋭敏で豊沃《ほうよく》なほど「男」がわかるのではないか。作品に描き出すのには別な能力が必要だが、まずは女性器の感覚が作用する。極言してしまえば、女性器を持ち合わせない男性には「男」は描けないのかもしれない。そうとしか思えないほど、この『花びらめくり』は「男」がよく描けている。

女性器の感覚から溢《あふ》れてくるものがあって、それを作品として紡《つむ》いでいけば、官能小説になっていくという書き方のように感じられる。ときには溢れすぎて紡ぎきれない描写が生まれてくるが、そこにまた文芸的な匂いと刺激的な効用があり、それが魅力な数少ない官能小説家であることは間違いない。この短編集に入っていない作品には、もっと濃密で矯激《きょうげき》な描写も織り込まれているから、そちらも読んでみると、こみあげてくる淫心を充分に内蔵していることがわかる。しかも小説好きの読者に抵抗なく読ませてしまうところが、やはり異才だろう。

女流の官能小説家は、1960年代以前に男性作家が女性名で書いていた作品も含めて、女体への意識をつよく受け継いではいるが、花房観音の出現によって、その女体の感覚に変異がもたらされた。受け身とも外向的ともいえない芯のある淫らさを内包した女体を感じさせる。それを的確な描写で紡いでいけるのが、異才たる所以《ゆえん》だろう。

叶《かな》わぬことだけれど、あの世の文豪たちに感想を聞いてみたい……。

（二〇一六年八月、官能小説評論家）

初出一覧

「藪の中の情事」(「オール讀物」二〇一四年四月号)
「片腕の恋人」(「小説新潮」二〇一四年三月号)
「卍の女」(「小説新潮」二〇一五年十一月号)
「それからのこと」(『きみのために棘を生やすの』河出書房新社 二〇一四年六月刊)
「仮面の記憶」書き下ろし

本作は文庫オリジナル短編集です。

谷崎潤一郎著　卍（まんじ）

関西の良家の夫人が告白する、異常な同性愛体験——関西の女性の艶やかな声音に魅かれて、著者が新境地をひらいた記念碑的作品。

谷崎潤一郎著　痴人の愛

主人公が見出し育てた美少女ナオミは、成熟するにつれて妖艶さを増し、ついに彼はその愛欲の虜となって、生活も荒廃していく……。

新潮文庫編　文豪ナビ 谷崎潤一郎

妖しい心を呼びさます、アブナい愛の魔術師——現代の感性で文豪作品に新たな光を当てた、驚きと発見がいっぱいの読書ガイド。

夏目漱石著　それから

定職も持たず思索の毎日を送る代助と友人の妻との不倫の愛。激変する運命の中で自己を凝視し、愛の真実を貫く知識人の苦悩を描く。

夏目漱石著　坊っちゃん

四国の中学に数学教師として赴任した直情径行の青年が巻きおこす珍騒動。ユーモアと人情の機微にあふれ、広範な愛読者をもつ傑作。

新潮文庫編　文豪ナビ 夏目漱石

先生ったら、超弩級のロマンティストだったのね——現代の感性で文豪の作品に新たな光を当てる、驚きと発見に満ちた新シリーズ。

小池真理子著

無花果の森

芸術選奨文部科学大臣賞受賞

夫の暴力から逃れ、失踪した新谷泉。追いつめられ、過去を捨て、全てを失って絶望の中に生きる男と女の、愛と再生を描く傑作長編。

桜木紫乃著

ラブレス

島清恋愛文学賞受賞・突然愛を伝えたくなる本大賞受賞

旅芸人、流し、仲居、クラブ歌手……歌を心の糧に波乱万丈な生涯を送った女の一代記。著者の大ブレイク作となった記念碑的な長編。

桜木紫乃著

硝子の葦

夫が自動車事故で意識不明の重体。看病する妻の日常に亀裂が入り、闇が流れ出した——。驚愕の結末、深い余韻。傑作長編ミステリー。

桜木紫乃著

無垢の領域

北の大地で男と女の嫉妬と欲望が蠢めき出す。子どものように無垢な若い女性の出現によって——。余りにも濃密な長編心理サスペンス。

松沢呉一著

闇の女たち

—消えゆく日本人街娼の記録—

なぜ路上に立ったのか？　長年に亘り商売を続ける街娼及び男娼から聞き取った貴重な肉声。闇の中で生きる者たちの実像を描き出す。

代々木忠著

つながる

—セックスが愛に変わるために—

体はつながっても、心が満たされない——。AV界の巨匠が、性愛の悩みを乗り越え〝恋愛する力〟を高める心構えを伝授する名著。

花《はな》びらめくり

新潮文庫　は - 67 - 1

平成二十八年十月一日発行
令和三年十二月二十五日四刷

著者　花《はな》房《ぶさ》観《かん》音《のん》
発行者　佐藤隆信
発行所　株式会社新潮社

郵便番号　一六二―八七一一
東京都新宿区矢来町七一
電話　編集部(〇三)三二六六―五四四〇
　　　読者係(〇三)三二六六―五一一一
http://www.shinchosha.co.jp

価格はカバーに表示してあります。

乱丁・落丁本は、ご面倒ですが小社読者係宛ご送付ください。送料小社負担にてお取替えいたします。

印刷・錦明印刷株式会社　製本・株式会社大進堂

ISBN978-4-10-120581-6 C0193